KB057651

해 저믄
오늘 할일은
다 하셨나요
나는
산 아래 있어요
2019. 초겨울
김용택

나는 당신이
어떤 사람인지
알면,
좋겠어요

나는 당신이
어떤 사람인지
알면,
좋겠어요

○
김
용
택

글

ㄴㄴ 〉 〈 ㄷㄴ

들
어
가
며

시와 산문 사이에
다리를 놓았다.
왕래하라.

—2019년 11월

김용택

차례

나무는 정면이 없다

나무는 정면이 없다.

바라보는 쪽이 정면이다.

나무는 경계가 없다.

모든 것이 넘나든다.

나무는 볼 때마다 완성되어 있고,

볼 때마다 다르다.

새가 날아와 앉으면 새가 앉은 나무가 되고,

달이 뜨면 달이 뜨는 나무가 된다.

느티나무는 느티나무로 천년을 산다.

출생과 신분, 계급의 문제가 아니다.

사랑과 자유, 고른 평화의 문제다.

그때는 외로움이 싫었어

눈을 뜨고

깜짝 놀랐어.

어?

방이 너무 밝은 거야.

시계를 보았더니,

세시 사십칠분이었어.

새벽이야.

달이야, 달!

창밖에 달이야.

달이 떠 있었어.

정말 밝았어.

달이.

정말!

문을 열고 나갔어.

앞산이 환하게 들여다보이는 거야.

나무의 몸들도 보였어.

달은 서산에 있었어.

그때였어.

어디서 많이 본 것 같은 누가 마당에 서서

달을 보고 있는 거야.

나도 따라 달을 보았지.

그가 나였어.

내가 잘 아는 내가 거기 서 있었던 거야.

지금의 내가 그때 나에게 말했어.

달이,

오래전

달이

머무는

그때 나는

외로움이 싫었어.

도중途中

민달팽이에게 도달은 의미가 없다.

이 시리게 차다

참새들이 마을을 떠나

강 건너 산 아래 밭가에 떼로 날아다니다가

가시덤불 위에 앉았다.

참새들이 집단화할 때는 벼이삭을 찾을 때와 겨울 소풍 때다.

사진 찍었다. 잘 찍었다.

소풍 나온 참새들, 멧새도 있다.

멧새는 떼로 다니지 않고 서너 마리가 따로따로 멀리,

그러나 자기들의 신호가 닿을 만큼의 간격을 두고 날다가

앉을 때가 되면 간격을 두고, 그 간격으로 홀로 앉는다.

마른 풀줄기와 작은 나무 실가지들이 얽히고설킨 곳에 앉아

외따로 외로이 운다.

맑고 깨끗하여 울음이

차다.

모든 율동은 다음을 위해 아름답다

창밖을 본다.

당숙모가 아침에 집에서 회관으로 갔다가 해 지면 회관에서

집으로 돌아간다.

하루종일 마을의 무인지경을 면해주는 유일한 한 사람이다.

당숙모는 지팡이를 짚고 좌와 우로 뒤뚱거리며 걷는다.

좌편으로 많이 기울어진 당숙모의 몸은 정지중에도

율동중이다.

모든 율동은 지탱을 위해 위태롭고 다음을 위해 아름답다.

타자의 간섭 없이 일평생 일의 양과 내용, 그리고

걸음의 속도로 다듬어진 자세다.

당숙모의 걸음걸이는 차도의 속도가 아니고

과시가 통하지 않는 일관된 보폭 철학의 결과이다.

몸이 그렇게 잡아졌다.

다듬어진 인격의 자세가 아니라

나무의 수형을 닮았다.

당숙모의 친정은 지금 살고 있는

집 이웃이다.

새들은 당숙모 머리 위를 날아다닌다.

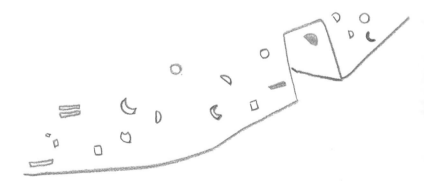

새들은 생각과 실현의 간격이 짧다

박새가 날아와 돌담에 붙어 있다가 금방 난다.

딱새가 날아와 죽은 매화나무 가지에 앉아 있다가

금방 난다. 새들은 생각과 실현의 간격이 짧다.

왜가리만 몇 시간을 제자리에서 외발로 서서 먹이를 노린다.

인내의 긴장이 길어도 겨울 강에서는 그 결과가 허망할 때가 많다.

자본의 가치가 가장 앞에 있는 세상에서

긴 사색과 회의가 대부분의 일을 그르친다.

새를 따라가다보면 하늘이 멀리 열린다.

바람은 불고

햇살은 모자라거나 남지 않는 정확한 그림자를 준다.

산은 가만히 있고

강물은 가져간 것들을 돌려주지 않는다.

강물은 돌아올 길이 없어 무정하다.

어느 때부터였는지 나는

단순해져갔다.

단순은 단박에 되지 않는다.

공간이 시간을 버린다.

어느 지점에서인지

짧은 숨을 내뱉고, 다시 길게 들이마셨다.

단숨과 한숨은 안심이 되었다.

때로 나무들이 낯설다.

잘 왔다고 바위들이 부드러운 눈을 준다.

강길을 걷다가 산으로 들 때가 있다.

강물이 보이지 않을 때까지 간다.

물소리가 들리지 않을 때까지 간다.

숲이다.

나무가 좋다.

숲보다 나무가 좋다.

나는, 나무이고 싶다.

숲은 전체를 강요한다.

어깨 걸지 말라, 어린 나무들아.

숲속에서 나오다 뒤를 돌아본다.

나무들이 알았다고 한다.

그 말을 들었다.

그렇게 되었다.

숲을 나오면 강이다.

나를 따라 나온 멧새가 있다.

멧새 울음소리는 바람 속에서도 흰 실낱처럼 뻗어 멀리 온다.

머리에는 로마 병정들 투구 깃털 닮은 노란 벼슬이 있다.

단색 몸을 가진 새는 없다.

아주 작은 뱁새도 여러 가지 색으로 된 옷을 입고 있다.

새들의 옷은 세련되어 있다.

멧새는 밥통 속에 든 마른 풀씨 두어 개로 운다.

참새, 멧새, 박새, 물새, 딱새, 비비새의 밥통, 다리, 똥은 작다.

최소한도의 식량으로 유지된 몸만이 최대한도로 날 수 있다.

늘 걷고 걷는 길을 또 걷는다.

어머니의 밭에 들어서는 서정의 단선이 아름답다.

아버지의 길은 산을 넘는다.

물새가 얼어가고 있는 살얼음 위를 종종종 걷는다.

어느 마음을

깨며, 걷는다.

오늘도 그렇게 하였다

아침은 늦게 먹는다.

빵을 먹는다.

샌드위치는 딸이 만든다.

계란 프라이, 넓적한 치즈, 넓게 썬 토마토, 오이를 넣고

쌓아 만든다.

빵은 아주 작은 빵집에서 주문한다.

전주 삼천동에 있다.

무설탕 통밀빵이다.

빵집의 넓이는 알맞게 좁아서

불빛은 애틋하고 부부의 움직임은 조용조용

선량해 보인다.

겨울이니 해가 짧아, 점심은 먹지 않을 때가 많다.

고구마를 구워 먹는다.

고구마를 손가락 두께로 바퀴처럼 썬다.

오븐에 이십이분 돌린다.

반찬 없는 밥이 배를 홀가분하게 한다.

아내는 이따금 '우리 반찬 없는 밥 먹자'고 한다.

고추장에다가 생멸치 그리고 신김치로

식탁에 서서 먹을 때가 있다.

집안 정리하고 빨래 널고

빨래 갠다.

오늘도 그렇게 하였다.

세시 반쯤 되면

강언덕 느티나무 그림자가 강에 떨어져 자꾸 흘러가고

뒷산 그늘이 강을 덮고 앞산을 오른다.

하루가 금방이다.

오늘도 그렇게 하루가

겨울 강을 건너갔다.

새들의 소란은 수선스러움과는 다른 약속이 있다

일찍 깼다.

두시다.

시 읽고

날 새고

새 울면

강가에 나가고

걷다가 몇 번 앞산 바람을,

서서

본다.

작은 뱁새들의 울음소리를 듣는다.

새들은 각자 울며 날다가 위기가 닥치면 울음을 모아 울며 함께 이동한다. 비비비비비비 울면서 마른 풀잎에서 마른 풀잎 사이로 이동하는 소란은 수선스러움과는 다른 약속이 있다. 풀잎에 앉으면 풀잎들이 뱁새의 무게로 꺾이기 직전까지 깊이 휘어진다. 휘어졌다가 일어서서 잠깐 바른 자세로 쉬고 반대쪽으로 깊이 휘어졌다가 일어서서 바른 자세로 잠깐 쉬고 다른 쪽으로 휘어진다. 그렇게 흔들리는, 그네 타기를 즐기는 뱁새들의 얼굴에 박힌 작고 또렷한 눈동자를 본다. 풀잎들도 그런 순간의 긴장이 좋을 것이다. 나는 마른 풀잎들이 휘어질 때 내는 아슬아슬 소리와 뱁새의 울음소리들을 내 귓가로

　　모아

　　재워준다.

　　내일 아침 나보다

　　먼저 눈을 뜬 새들이

　　제 울음을 찾아

　　갈 것이다.

내 시를 생각하는데 눈이 왔다

어쩌다가 깨끗한 시 한 편을 쓰고 나면

한없이 너그러워질 때가 있다.

그럴 때 나는 나무에게도 기대지 않는다.

그런 자유도 있다.

시인에게 의심만큼 나쁜 것도 없다.

진실은 두렵다.

정직은 무겁다.

자기 신뢰는 시인의 생명임을 안다.

정직이 인정에 기댄 사사로운 인문 용어가 아니라

사회적인 제도의 함의 개념이 될 때

우리 사회는 소모적인 혼란이 수습되면서

성숙한 민주시민사회로 진입할 것이다, 라고 생각하며

바람을 등지고 앉아 있을 때

눈이 왔다.

삶은 눈보라다.

등을 돌아온 눈송이들이 어디 앉지 못하고

허공에서 분분하다.

내 삶이 서러울 때다.

눈들이 내가 걸어온 발자국을 용서하고

내 시가 나를 설득할 수 있을까.

내 시가 내가 살고 있는 세상에 기댈 수 있을까에,

나는 늘 괴롭다.

지나고 나서 대개 다 무난하다, 고 한다

눈이 떠졌다.

눈이 왔다.

펑펑 큰눈이 왔다가

자잘한 눈발들이 사선을 긋다가

문득, 그쳤다가 또 큰눈이 왔다.

세수하고 밥 먹고

이 닦고

다시 가만가만 오는 눈을 끝까지 가만히 바라다보았다.

사과를 깎았다.

베어먹으면서

방을 왔다갔다했다.

눈 그쳤다.

뉴욕 시가지를 사정없이 때려부수는

영화를 보았다.

제목은 모르겠다.

연애도 없이

막 싸우고, 세기의 '재난 여인'

자유의 여신상을 또 부순다.

영화 속의 뉴욕은 인류 공동의 공격 대상이다.

심형래도 공격했다.

휴대폰으로 뉴스도 봤다.

걸어다니다가

소파에 누웠다가

일어나 창밖을 보면 또 눈이 오고 있다.

눈은 왔다가 가고 또 왔다가 가고

큰눈이 가면 작은 눈이 왔다가 가고

또 큰눈이 앞산을 넘어왔다.

작은 눈은 이이이만했고

큰눈은 이, 이렇게 주먹만했다.

서서히 시작하는 눈도 있고

눈먼 사랑처럼 문득

강물로 뛰어드는 눈송이들도 있다.

그러나 눈송이들은 수직을 모르는구나.

밥 먹고

이 닦고

잤다.

잠들기 전에 오늘을 생각해보니,

무난하였다.

지나고 나서 대개 다 무난하다, 고 한다.

만족하여 혼자 웃고

눈을,

아니 이불을 턱까지 끌어다가

덮었다.

새똥이 쌓인 곳

참나무 낙엽이 쌓인 산 아래 강언덕 돌자갈 길이 있다.

길이 외로울 때 이따금 그곳까지 가본다.

검은 돌들이 참나무 잎에 묻혔다.

바위 위를 지나간 너구리나 고라니의 희미한 흔적도 있다.

금방 지나갔는지 밟힌 낙엽들이 몸을 바로 편다.

낙엽 위에 새똥들이 하얗게 널려 있는 곳이 있으면

고개를 들어 하늘을 본다.

나무 밑의 새똥들은

나뭇가지에서 새들이 몇 밤을 잔 흔적들이다.

새똥에는 흰색이 있다 .

바람이 불고 높이 오리가 난다.

새들이 나는 먼산 숲 실가지에 햇살은 떨어져 반짝인다.

그곳은 남쪽이다.

사람들이 버린 시간을 나는 산다

산책 나갔다가 집에 왔다.

아내가 조용하다 싶으면 어딘가에서 책을 읽고 있다.

밖을 내다본다.

강물에 바람이 불어 작은 물결들이 밀린다.

길은 사라지고 또 내 앞에 바람의 길이 생겨난다.

호젓하고 고요하고,

새로 조용하다.

오래된 길이다.

세상의 말이 또렷하게 드러난다.

길을 가만히 바라본다.

희미한 길.

나의 길에 앞서간 것들도 있다.

버려진 시간들도 있다.

‌ꟷ‌ꟷꟷ‌‌ꟷꟷꟷꟷꟷꟷ‌ꟷ‌ꟷ‌ꟷꟷꟷꟷꟷꟷꟷꟷꟷꟷꟷꟷꟷꟷꟷꟷꟷꟷꟷꟷꟷꟷꟷ OLD WAT

버려진 시간 속에 오래 서 있다.

시다.

새 울음소리처럼 남거나 모자라지 않도록

해가 뜨고 달이 뜨고 바람이 부는 것처럼

'남김 없는 생각'으로

시를 생각한다.

사람들이 버린 시간을 나는 산다.

시다.

배짱 좋은 산의 색

아침에 안갯속에 서리가 희다.

안개가 땅에 닿아 얼어 흰 서리가 되었다.

잔디를 밟으면 허리 부러지는 소리가

바삭거린다.

발이 놀란다.

딸이 나오다가

서리 하얀 감나무 가지를 보고 서 있는 나를 보고

"아빠, 흰 서리가 내린 나무들이 보라색이네" 한다.

겨울 아침 산은 부드러운 보라색이다.

화려함을 안으로 감추어둔 보라색을

은근히 내어보낸 배짱 있는 산이다.

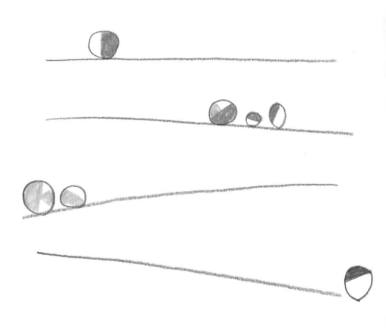

고요는 손을 씻는 일이다

마른 풀잎 속을 날던 뱁새들도, 물결을 차며 날아오르던 오리들도,

살얼음의 난간을 아슬아슬하게 걸으며 떠내려가다

언 풀잎을 쪼아대던 물새도, 바람도,

자고 있을 것이다.

내 정신은 때로 명랑해진다.

고요들이 설렌다.

고요는 손을 씻는 일이다.

쉼보르스카의 시를 읽었다.

이런 구절이 있어서 놀랐다.

'불미스러운 일에 개입하지 않은 깨끗한 손을 믿는다.'

나의 고요가 환해졌다.

고요를 따르는 말이 생길 때다.

만들어낸 말은 믿지 못한다.

시인의 산책

나뭇가지에 서리 녹은 이슬들이 매달려 있다.

바람도 지나가지 않았고 새들도 날지 않았다.

참새들이 어제보다 먼 곳까지 소풍을 나왔다.

여기서 보니 참새들의 얼굴들이 낯설어 보여

잠깐 신비하였다.

가시덤불에 앉은 모양들이 또렷하다.

길의 끝이다.

여기는 낯선 곳. 어디선 본 듯

내 몸은 미세한 떨림을 보인다.

그런 거 같다.

나는 돌 틈 사이에 돋아나 있는 한 포기

푸른 겨울 새싹 앞에 앉아

시선을 교정했다.

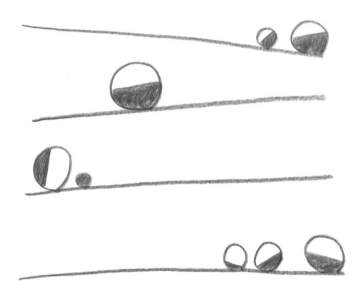

떠주는 바위 속의 고가 만히 하고 보는 산기슭이면 좋을텐데.

면 조항 베어요. 물편에 되어가다하으며 홀걸ㅇ

이다흥 돌이 되어요 나는 당신의 어떤 사람인지 알

그리ㅇ에 되어요. 강가의 나무가 되어요 물편

당신의 목소리는 내 마음의 마음으로 번져나가

나는 당신이 어떤 사람인지 알면 좋겠습니다

당신의 목소리는 내 몸과 마음으로

번져나가 그리움이 되어요.

강가의 나무가 되어요.

물결이 닿는 돌이 되어요.

나는 당신이 어떤 사람인지 알면 좋겠어요.

물결이 되어 가닿으면

출렁여주는 바위 속 말고

가만히 날 보는

산기슭이면 좋을 텐데.

봄똥 먹은 날

점심은 굴밥을 먹었다.

맛있었다.

봄똥을 간장에 찍어 먹었다.

봄똥이 고소하다.

미세먼지가 최악이다.

머릿속이 서걱거린다.

밖을 보기가 싫다.

문을 닫고 하루를 지냈다.

어찌 이런 일이,

무서운데

대책 없다.

그때 새들은 날아오른다

파란 하늘이다.

텅 하고, 멀리 비었다.

열한시가 되어 날이 풀린다.

산책을 나갔다.

오늘은 산이 좋다.

씨 털린 억새꽃에 매달리는 뱁새들을 보았다.

억새꽃 한 송이에 여러 마리가 매달리면

억새가 깊게 휘어진다.

휘어지는 그 속도와 깊이 끝을 새들은 안다.

그때 새들은 날아오른다.

아슬아슬한 새들의 판단은 늘 틀림이 없다.

그리고 또

저쪽으로 가 있다.

"나는 오늘 별이 아름답다."

이불 털어 만조 형님네 집
빨랫줄에 널고
방 청소 자세히 하였다.
1, 2월에는 강연이 적어
집에서 노니
돈 쓸 일이 따로 없다.
돈 벌 일 없어
돈 쓸 일 없으면 경제 안정이다.
산을 보는 일은 돈이 안 든다.
책값하고 이발값만 든다고
말하면 아내가
눈흘긴다.
해 졌다.

방이 따숩고, 편하다.

두 발 뻗고 두 손 놓고

바람 보며 놀다보면

금세 뒷산 그늘이 강을 건너

앞산을 타고 올라가서 꿀까닥 산을 삼키고

넘어가버린다.

어둠이 산에서 내려온다.

산을 보고 있으면 어둠이 산에서

슬금슬금 강으로 내려오는 것이 보인다.

어둠이 어느 정도 짙어지면

금방 별이 반짝인다.

별을 올려다보며 말한다.

"나는 오늘 별이 아름답다."

내 속이 약간 거북하였다

강 건너 길을 걸었다.

살얼음은 언다고 안 하고 낀다고 한다.

강도 근심이 있어서 잔주름에 그늘이 낀다.

물새가 살얼음 위를 걷는다.

잔주름들이 챙챙챙챙 흔들리며 얼음 속을 나가

다시 물결이 된다.

물결들이 햇살을 받아 반짝 살아났다가 깜박 죽는다.

햇살은 깨진 것들을 찾아 빛을 준다.

수심은 잠들 날이 없다.

양지 쪽 흙길이 녹았다.

뱁새들이 울며 난다.

어디선가 날갯짓 소리가 들린다.

딱따구리다.

내 머리 위를 난다.

배 쪽이 희고 검다.

물위로 나온 돌들이 햇살을 받았다.

돌의 얼굴을 찾다가

다시 강을 건너 천담권역 사무실에 갔다.

'김용택의 작은 학교' 글쓰기 모임에서 만든

책 출판기념회가 있다.

돼지도 잡았다.

이 근방 동네 사람들이 많이 왔다.

아주 조촐한 행사다.

시골 사람들에게 어울렸다.

밥도 먹고 고기도 먹었다.

농촌 농민 농업의 마지막

풍경 같은 모습이 고스란히 모여

여실히 드러났다.

그 끝이 이렇게 고개 숙여 밥 먹는 농민들의

말없는 풍경으로 몰려 있다.

떠밀린 수긍이 괴로워 어수선하다.

사무장이 고기를 싸주었다.

고기가 담긴 검정 비닐봉지를 들고

바람이 세차게 부는 저녁 강길을

홀로 걸었다.

슈퍼문이 떴다.

고개를 숙이고 강물을 가만히 들여다보았다.

어둔 물결에 밀린 달처럼 둥글게 모여

소리 없이 밥을 먹던 마을 사람들의 모습이 떠올랐다.

달이 이렇게 슬픔이 될 줄 몰랐다.

달이, 새삼스럽다.

매급시* 문상은 와가지고

아버지 제일이다.

아내와 민해가 음식을 장만하였다.

우리가 한끼에 다 먹을 음식만 장만했다.

민해와 아내가 하루 동안 만들었다.

아내는 민해하고 둘이 요리를 자주 한다.

때로 매섭고도 단호한 목소리가 들린다.

"그렇게 해서 되겠냐."

수긍과 긍정은 모난 곳을 스스로 다듬는다.

보기 좋다.

민해를 나무랄 때 나는

"여보 나는 뭐해?" 한다.

달이 밝고 날이 푹했다.

아버지가 돌아가신 날 아침

앞 강물이 꽝꽝 얼었었는데,

상여가 나가기 전날 밤에는 눈이 펑펑 내렸다.

고운 눈송이들이 마당 화톳불로 내리며

피식피식 소리로 희게 사라졌다.

아버지 탈상 때 아내가 문상 와서 우린 처음 만났다.

아내는 아버지 제삿날 늘

이 두 마디를 한다.

"아버지가 나를 데려다주었을까?"

"매급시 문상은 와가지고."

* 매급시 │ '맥없이'의 방언.

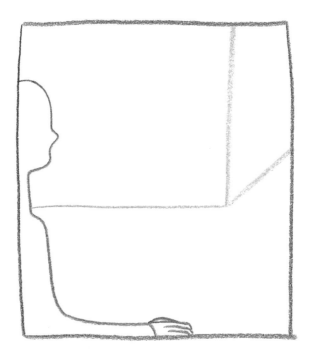

한강의 시를 읽다

새벽에 깼다.

한강의 시를 읽었다.

아픈 시들이다.

나는 아픈 시를 쓰지 못한다.

아픔이 시가 되지 않는다.

나는 아픔의 기록이 싫다.

아픈데 새기다니,

나는 달빛 속에 잠긴

검정색 돌 같은

강심장을 갖지 못했다.

순창 극장

셋이 영화를 보러 갔다.

순창 읍내에 극장이 있다.

중고등학교 때 순창 극장에

들어온 영화는 거의 다 보았다.

점심밥을 굶고, 굶은 쌀을 모아

쌀집에 팔아서

영화를 보았다.

나이들어 다시 순창 극장에 간다.

오늘은 〈극한직업〉을 보러 갔다.

아내와 딸은 팝콘과 탄산수도 샀다.

영화를 보며

셋이 아주 크게,

맘놓고

실컷 웃었다.

사람들은 웃지 않았다.

이상하였다.

궁금하였다.

우리가 잘못되었나, 했다.

왜 웃지 않지?

점잔 빼고 있나?

이게 뭐지?

그러거나 말거나

우리는

계속 크게 웃었다.

어떤 때 제일 크게 웃었냐면

'ㅇㅁㅂ'이라는 암호를 보고

형사 한 명이 "이명박?" 할 때였다.

난간을 그려주다

이른 아침, 돌 위에

싸락눈은 떨어졌다가 몇 번 튀어올라

몇 번 더 구른다.

어디선가 떨어져나온

조각난 생각들이

조금 낮은 평면 난간 모서리로

생의 잔주름으로

모여

희고

희다.

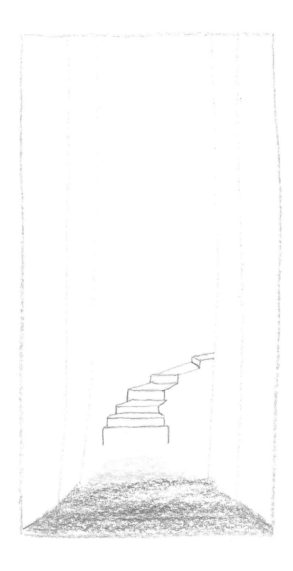

손금으로 봄이 졸졸 흐른다

떡 두 개 굽고

고구마 세 개 구워 먹었다.

점심이다.

겨울의 고개를 넘었나?

앞산에 손가락 끝을 살짝 대보았다.

손을 거두어들여 손가락 끝을 들여다보았다.

손금으로 봄이 졸졸 흐른다.

푸른 하늘 끝까지

마른 풀잎들이

날카로운 비명을

지를 때다.

등뒤에 서 있었다

쉬운 말로

흔한 것들을 부른다.

누워 있는 풀들이 가리키는 각기 다른 방향을 보고 있다.

나무에서 떨어진 오래된 삭은 가지들이 누워 있는 조용한 땅,

앞산 돌들의 깊은 암묵이 깊다.

오후 늦게 은경이가 왔다.

처제다.

오랜만에 왔다.

암이란다.

아내가 여동생을 보듬고

얼굴 없이

오래 울었다.

나는 등뒤에 서 있었다.

불안이 따라다닌다

눈이 왔다. 많이 왔다.

앞산이 환하다.

높은 산봉우리에 눈이고

산 아래는 눈하고 비가 섞여 내린 모양이다.

나무 몸의 눈이, 얼어붙은 북쪽이 희다.

밖에는 다시 눈이다.

이런 날 맘놓고 놀기 좋다.

몸도 마음도 편한 느긋함이다.

하루종일 먹고 자고 놀았다.

날이 어두워진다.

방은 따뜻하고 온화하여 한가로움이 넘쳐난다.

너무 편하여서 불안이 저만치 따라다니다가

내게 들킨다.

손님이 왔다

감기다.

몸이 봄을 감당 못하는 모양이다.

봄에는 몸이 더 민감하다.

증상의 실마리를 찾지 못하는

혼란스러운 이런 현상은 생전 처음이다.

지금까지 내 몸에 이런 봄 손님은 없었다.

몸이 침침하다 기침할 때 몸이 따라간다 그때 처음 흰나비를 본면 어머니가 돌아가신다고 했었다.

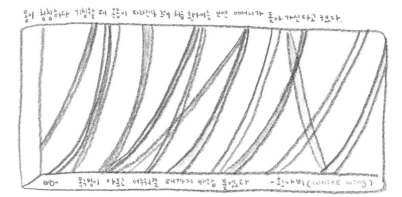

몸엉이 아물 어두워질 때까지 배갑답 보였다   -흰나비 (white wing)

흰나비

몸이 침침하다.

기침할 때 온몸이 따라간다.

그해 처음 흰나비를 보면

어머니가 돌아가신다고 했다.

목구멍이 아프고

어두워질 때까지

바람 불었다.

시

놀았다.

놀다,

시 읽었다.

했다. 논다, 시 읽었다 ㅆ-

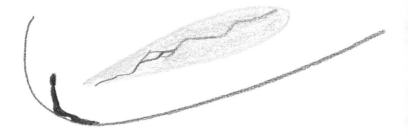

우월이란 세월이 가도 낡지 않는 아름다운 사랑이다

새벽에는 시를 읽었다.

젊은 여성들의 시가 씩씩하다.

어디에 기대려고 하지 않고 가담하지 않는

용감성이 있다.

기성의 시적 절제를 해체하려는

숨가쁜 반항이 문장 속에 숨어 빛난다.

전근대적인 고통을 뿌리치려는 시의 외침이,

한 시대를 넘기려는 몸짓들이,

처절할 때가 있다.

밥 먹고 집안을 치웠다.

치워도, 치워도 집안일은

표가 나지 않고 끝이 없다.

아내가 요리를 가르쳐준다고 했다.

딸이 김현의 『행복한 책읽기』를 읽으며 흥분한다.

이 선생님은 '존중'이 없다고 한다.

존중이 없으면 사람을 깔본다.

딸이 말한다.

"난 공부할 거야."

나중에 죽어서 선생님 만나서 따진다고 한다.

애정 없이 표표해 보인다고 한다.

나도 다시 읽었다.

선생이 서운하게 생각하시겠지만,

그렇게 세련되고 아름다워 보이던 문장들이

이제 시간이 많이 지났다는 생각이 들었다.

우월이란 세월이 가도 낡지 않는 아름다운 사랑이다.

진정한 애정을 뿌리칠 수 없다.

나는 방문을 다 열어 추운 바람을 방 가득 몰아넣는다.

환기는 쇄신이다.

김현 선생이 남의 책을 읽고

'역겹다'라는 말을 흔하게 쓰고 있음에

나는 놀랐다.

농부의 몸이 봄을 만나면

아침에는 춥더니
금세 날씨가 포근해졌다.
바람도 없다.
판조 형님이 마늘밭에
비료를 뿌린다.
비료 알갱이에
봄빛이 희게 닿았다.
농부의 몸이 봄을 만나면
나무들의 물관처럼
바빠진다.

온몸에 침을 맞다

병원 갔다.

허리는 아프고,

오른쪽 다리는 뻗었다가 오므릴 때 힘들고,

왼쪽 팔이 저려서 왼쪽으로 눕지 못한다.

온몸이 부실투성이다.

총체적 난국은 이를 두고 말한다.

내 못된 습관에

부황을 곳곳에,

침을 여기저기,

수없이 꽂는다.

일의 머리를 찾아간다

흙을 파서 자루에 담고, 손수레에 싣고 온다. 텃밭 복토다. 딸이 앞에서 끌 때도 있고, 내가 앞에서 끌고 딸이 뒤에서 밀기도 한다. 일머리와 끝을 몸에 익히며 내용을 채워 일을 추린다. 생각을 몸으로 고민하며 실현한다. 위대한 진보다. 모래를 두 번 정도 파 오기로 했는데, 가랑비가 왔다. 일을 더 하지 못했다. 흙일은 비가 조금만 와도 안 된다. 연장에 흙이 달라붙는다.

개구리가 얌전하게 앉아 있다

민해가 "아빠 개구리닷!"
보았더니
개구리가 얌전하게 앉아 있다.
몸이 깨끗하다.
바람을 보고 있나?
눈을 보았다.
맑다.
개구리가 뛰었던
지난해의 자세를
기억해내고 있는 것 같다.

나무는 팽나무

딸이 자기 나무를 심었다.

나무를 손수레에 옮겨 싣고

딸이 끌고 나는 뒤에서 밀었다.

설렜다.

심어놓고 보니,

주위 풍경이 달라졌다.

이장 경섭이는 지나가다가 차를 세우더니

지주대를 단단하게 세워주었고

거름을 한 포대 주었다.

차를 타고 지나가던 제자 상현이는

물을 길어다가 주고

나무 주위를 다듬어주었다.

넷이 신이 났다.

나무를 심어놓고 기념사진도 찍었다.

심을 생각을 할 때하고

나무를 심어놓은 후의 마음이

하늘과 땅 차이다.

놀라운 기분이다.

내가 집 앞 강가에 느티나무를 심을 때

이러하였다.

뿌리가 땅 깊이 길을 찾아 뻗고,

가지들은 허공을 차지할 것이다.

나무를 심는 동안 아내는

맛있는 밥을 해놓았다.

술을 하지 못한 우리는 맑은 물로

나무를 위해 축배를 들었다.

오후에 아내랑

민해 나무까지 가서 나무를 바라보았다.

잘생겼다.

나무는 팽나무.

영식이가 죽었다

영식이가 죽었다. 동무들하고 문상 갔다. 아내도 같이 갔다. 영식이 부인이 아내를 보더니 달려와 보듬고 운다. 우리 나이가 일흔둘이다. 아파서 죽을 나이들이다. 영식이는 평생 농사일을 하였다. 심사가 복잡하고, 심술이 얼굴에 가감 없이 나타난 순진한 농부였다. 평생 살림을 일구느라 애썼다. 아내의 힘으로 식당도 하고 있다. 병문안 간 지가 엊그제 같았는데, 빨리 갔다. 영식이 아이들을 내가 가르쳤다. 문상 가서 그 아이들을 보았다. 장성하여 결혼들도 다 하여 자식들도 두었다. 어린 손주들이 상복을 입고 뛰어다녔다. 자기 자식들에게 돈 준 이야기를 하며 자랑스러워하던 그 어느 날 영식이 얼굴이 생각났다.

역사는 기다리는 일이다

북미 회담이 결렬됐다.

하루종일 잔뜩 긴장하고 기대하며

순간순간 손에 땀을 쥐었는데,

몸에서 힘이 쭉 빠진다.

우리들의 뒤틀리고 망가진 일상을 바로 잡아갈

운명이 걸린 회담이 될 수도 있었다.

자리를 박차고 나간 정도는 아니었다 하니,

그나마 다행이다.

또 기다린다.

역사는 기다리는 일이다.

식사 준비를 하며 아내도 못내 아쉬워하고,

딸도 심히 낙담하였다.

밝고 환한 새 옷을 입고

밖에 나가 앞산을 다시 바라볼

명절(?)을 기대했는데,

들뜬 마음이 가라앉는다.

역사는 절망이 없다.

저녁밥을 비벼 먹었다.

잘생긴 돌들은 서로 아귀가 안 맞는다

육체노동의 결과는

빛 아래 뚜렷하여 아름답다.

샘 위의 돌담이나 목단이 있는 화단이,

땅의 모양을 따라 화단 모양으로

보강이 잘되었다.

돌의 생김새와 쓰임을 찾아

제 얼굴을 드러나게 해주면

돌들의 자랑스러운 얼굴과 몸이 나온다.

내가 돌을 좋아하는 이유다.

돌의 몸은 깨져 나온 조각들이기 때문에

돌담을 쌓을 때 맞추면

보기 좋게 들어맞는다.

생각지 못한 결과를 얻을 땐 무릎을 친다.

어깨를 쭉 펴 뻐긴다.

돌은 사용자에 따라

풍경이 달라진다.

돈과 같다.

잘못 쓰면

흉물이 된다.

흉기가 된다.

잘생긴 돌들은 서로 아귀가 안 맞는다.

오후에는 허물어진 작은 연못 위의

화단을 손보았다.

아내가 맘에 들 때까지 해야 좋다.

고치고 바꾸고 맞춘다.

그때

새롭다.

그게 맞다.

내 발소리는 누가 거두어가는가

오늘은 구름도 보이고 하늘도 보인다.
'산이 저렇게 생겼었네.'
산들이 멀리멀리 이어져 있다.
보기 좋다.
뭉게구름보다 가벼운 흰 고요를 들고
서쪽으로 간다.
내 발소리는 누가 거두어가는가.
가만가만 나는 물 같은 것,
바람 같은 것은 진즉 건너왔다.
그러니까 오늘은,
꽃도 안 들고.

나를 나오라고 한다

장정일의 칼럼을 기다리게 되었다.

나는 그를 만난 적이 없다.

글을 보면 그 사람이 어디까지인지 짐작할 수 있다.

그는 지저분하지 않은 지성을 갖춘 단단한 정신의 소유자다.

눈치보지 않는 배짱까지 갖추었다.

오늘 아침은 김수영과 민족주의에 대해 썼다.

신형철의 글에서 하루키에 대한

이와 비슷한 글을 읽은 기억이 난다.

장정일은 김수영이 영어와 일본어로 시를 쓴 이야기를 했다.

사람들의 행동을 강요하고 가르치려 드는 정치적인,

정치인들이 인용하는 글에 나는 거부감을 느낀다.

정치인이 정치인임을 확인할 때 슬프다.

정치인들이 말을 망가뜨리고 망친다.

거덜을 내버린다.

시인은 그 말을 다시 주워 담아 살리는 사람이다.

정치인들이 사용하면 안 되는 말들을

법적으로 명시해두면 좋겠다.

오늘 아침에는 어제 듣지 못한

새소리가 들렸다.

날 나오란다.

아내가 시를 읊다

점심 먹고 마당 잔디에

불을 질렀다.

불이 불불 기어가고 날아가

난데없는 곳에서

파란 연기가 핀다.

잔디밭에 봄 불은

연기가 먼저다.

아내가

불을 옮기며

시를 읊는다.

잔디

잔디

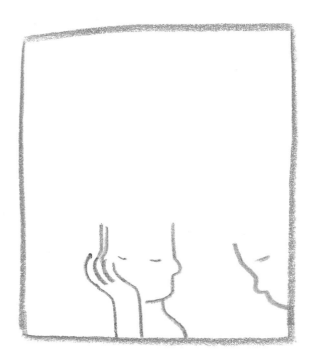

금잔디

심심산천에 붙는 불은

가신 임 무덤가에 금잔디.

봄이 왔네

봄빛이 왔네

버드나무 끝에도 실가지에.

봄빛이 왔네, 봄날이 왔네

심심산천에도 금잔디에.

—김소월,「금잔디」전문

딱 할말만 쓰였다

아침 경향신문에서 안숙선 명창의 인터뷰를 읽었다.

인터뷰중에 김소희 명창께서 안숙선 명창께 쓴

손글씨 원문을 보았다.

스스로 터득한 한글 서체다.

딱 할말만 쓰였다.

틀린 곳을 볼펜으로 덧칠해 지우고 고쳐 쓴 흔적들 속에

선생의 마음이 고스란히 담겼다.

마치 곁에 앉아 말씀을 하시다가 정정해 들려주는 느낌이다.

편지글 중에

'내가 너를 건성으로 제자 삼아 보아온 게 아니다'라는 말은

엄하고 준엄했다.

판소리 속에 있는 대사 외에

'양념'을 넣지 말라는 대목도 있다.

땅이 젖어야 한다

빗소리가 들렸다.

봄비는 자연을 깨운다.

아침에 시원찮게 오더니,

점심때쯤엔 제법이다.

어머니는 이른 아침 비가 오면

"아침비 맞고는 서울도 간다" 하셨다.

비가 돌담 밑돌까지 적셔야

풀뿌리가 젖는다.

가뭄이 해소되려면 멀었다.

당장 비가 필요한 것은 아니지만

땅을 여러 번 촉촉하게 땅을 적셔놓아야, 그래도

봄비다.

생각을 들키는 시들이 있다

시는 살아 있다.

거듭 진화한다.

시대를 진실로 괴로워하는

착하고 선한 시인의 영혼이

현실을 만난다.

시에 들어 있는 시인의 욕심은 누추하게 거슬린다.

생각을 들키는 시들이 있다.

내 시가 어디에 기댈 만큼 허술하지 않아야 한다.

전주 갔다.

치료했다.

집에 왔다.

미세먼지가 있다.

이 맘 알지요

새벽에 일어나 시를 썼다.

'이 맘 알지요'

아내와 딸이 매우 좋아하였다.

딸은 '서정시네' 하였고,

아내는 '당신이 만족한 시를 쓸 때만 내가 좋지?' 한다.

알맞았다

추워서

꽃들이

벌벌 떤다.

꽃을 시샘하는 추위는 필요하다.

단출한 식사는 의외의 즐거움을 가져다준다.

오늘은 생멸치에 고추장 찍어 밥 먹었다.

멸치는 대가리까지 먹는다.

맵고, 시원하고, 비릿하게 배가 불렀다.

알맞았다.

잠 온 그대로

잤다.

구석에 있어도 빛나는 사람이 있다

매화 마을에 갔다.

꽃도 많으니, 질린다.

차를 타고 가는 길, 호젓한 강굽이

허술한 빈집 마당에 피어 있는

희미한 매화 한 그루는 오늘 애절하였다.

구석에 있어도 빛나는 사람이 있다.

장사익의 노래가 한 많은 꽃들을 살려

봄 산을 넘겨준다.

고두심씨를 보았다.

처음 보는데 너무 반가워 자꾸 손을 잡고 마주보며 웃었다.

뭔 일인지 모르겠다.

〈전원일기〉 김정수 작가, 가수 김상희씨도

첫 대면인데 반가워했다.

이런 세상이 있는지 몰랐다고 한다

오늘은 글쓰기 모임을 구담마을에서 했다.

라면 끓여

막걸리도 먹었다.

맛있다.

벽에 등을 기대고 다리 뻗고 놀다가

써온 시 읽었다.

갈수록 재미있고,

글들이 는다.

다른 세상을 산다고

다들 좋아한다.

이런 세상이 있는지 몰랐다고 한다.

내가 초등학교 선생 하며

아이들과 글쓰기 공부할 때

일상을 즐거워하는 아이들을 보며

행복해했는데,

이제 어른들이 그렇게 되어가니

즐겁고 보람차다.

선생이 훌륭해서 모두들 글을 잘 쓴다고

내가 나를 칭찬했더니,

모두 크게 웃고 박수 치며 좋아하였다.

해 질 무렵 술 취해 강길을

홀로 걷다가

저문 강을 건너는 흰나비를 보았다.

보고 서 있었다.

나는 리오넬 메시가 좋다

오늘, 메시의 프리킥은 신기에 가까웠다.

그는 감성을 촉발시키는 축구를 한다.

세리머니도 단정하다.

내가 좋아하는 교황님께서

메시에 대한 말씀을 하셨다.

좋은 기분이 출렁였다.

이슬비가 새 울음을 물고 내린다

비 온 날 아침이다.

알맞게 흐리다.

땅이 다 젖었다.

이슬비가 새 울음을 물고

내린다.

강변 풀들이

한 치 두 치

새 혀처럼

돋아난다.

너무 큰 옷은 소매도 찾기 어렵다

납작한 돌들을 찾아 손수레로 실어다가

뒷담 길에 깔았다.

일이 즐겁다.

민해가 김훈의 어떤 문장은 너무 웅장하다고 했다.

글이, 정오의 빛과 그림자처럼

딱 들어맞느냐는 물음일 것이다.

글이 현실인가? 는

글쓴이들의 끝없는 자기 질문이다.

옹색은 변명을 낳고,

변명은 과장된 해석을 낳고

구차를 넘은 억지를 부린다.

너무 큰 옷은 소매도 찾기 어렵다.

나는 김훈의 문장에 늘 반한다.

내가 졸아드는 느낌을 받는다.

어느 신문에 김훈의 이런 글이 실려 있었다.

'노동자는 노동을 통해 인격을 실현하고 생애를 건설하고

국가를 지탱시켜주고 역사를 진전시킵니다.'

'생애를 건설'한다는 말에서 잠깐 아득하였다.

나는 요새,

학교 공부의 부족함을 느낀다.

학교를 더 다녔어야 했는데,

아쉬움을 느낀다.

그랬어야 더 넓은 정신의 땅을 얻고

더 자유로운 하늘을 휘젓고 다녔을 텐데……

안 가본 데가 너무 많을 것 같다.

나는 시라는 말에 구속 속박 결박 되어 있다.

시는 자유인데,

시를 떠나야 하는데,

저 바람을 따라야 하는데,

나는, 내가 나를 안다.

답답하다.

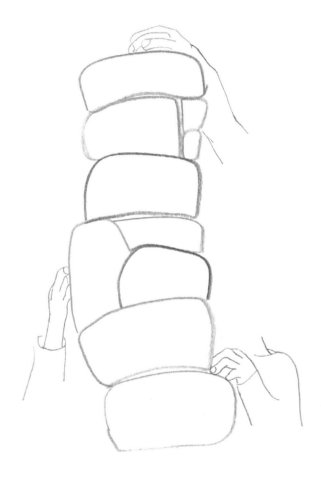

무리란 돌보지 않는 것이다

아침에 일을 하고 쉬다가
점심때부터 다시 일을 하였다.
쉬지 않고 해 넘어갈 때까지
돌을 들고 나르고 깔았다.
일을 다 하고 나니 힘이 딸렸다.
힘이 팽겼다.
주저앉았다.
젖 먹던 힘까지 바닥난 느낌이다.
엉덩이가 아파서 잘 걷지 못하겠다.
주저앉았다.
내 힘에 부친 무거운 돌을 여러 개 옮겼다.
무리를 했다.
무리가 쌓였다.

무리란 돌보지 않는 것이다.

나이,

그동안 살아온 내 몸의 한계,

일의 양,

내 기운에 맞지 않는 일을 무리라 한다.

누워버렸다.

진통제를 먹었다.

무리는 파괴를 가져온다.

몸이

고장난다.

이치다.

슬그머니 걱정이다.

그래도,

봄이다.

소용없는 말

사람들은 자기에게 소용없었던 말을
남에게 해준다.
사람들은 그 누구의 어떤 말도
마음에 닿지 않을 많은 일을
울면서 겪어낸다.
지혜란 대부분
마음 편할 때 소용되는 말이다.
남의 말은
답이 잘 안 맞는 참고서일 뿐이다.

시계 뒤에서 바람 속으로

어마!

어마!

나비! 나비야, 나비!

여보, 나비야.

나비 좀 봐.

노랑나비야

저 나비 좀 봐.

어떻게 나물을 따라 들어왔지?

요상하네,

이게 뭔 일이까?

쑥, 머위, 달래, 돌나물, 개망초, 쑥부쟁이.

나물을 뒤적이며

나물을 따라 들어와 방안을

날아다니는 나비를 바라보네.

여보, 문 열어줘.

빨리.

어? 어?

나비는 창틀 위

작은 시계 뒤로 숨네.

밤이 지나갔네.

나비가 시계에서 나와

방안을 날아다니네.

어마, 나비 봐.

나비야 잘 잤니?

너를 깜박 잊었구나.

여보, 문 열어줘.

얼른, 날아가네.

노랑나비

나풀나풀

바람 속으로

바람 속으로

아주, 노랗게.

생각대로 안 된다

새벽에 일어났는데

허리, 엉덩이, 다리, 어깨,

온몸이 조금 풀렸다.

몸이 생각보다 자유스러워지고

홀가분해진 느낌이다.

이렇게 몸이 풀리다니

걱정이 한 꺼풀 사라졌다.

정말 조심하자.

생각대로 하지 말자.

아내가 딸이 자기 닮았다고 한다.

나는 무슨 일이든 집중하며 휘몰아

일을 끝내고 봐야 한다.

단숨에 해결해야 하고,

그 일을 해결해야 다음 일을 한다.

아침에 세 가지 종류의 새들이 울었다.

두 마리는 작년에 듣던 새 울음 같고

한 마리는 올해 새로 우는 새 같다.

날씨가 쌀쌀해진다.

새잎들이 나오다가

어머나! 어머! 하고

뚝 멈추었다.

정신이 초토화되었다

아내가 밥 먹다가 운다.

은경이 항암 치료할 때 힘들 것 생각하며

어제도 울더니,

아침밥 먹다가 또 운다.

아내는 아침에 울더니,

오후에 친구들하고 놀러갔다.

점심은 나 혼자 라면 먹었다.

아내와 딸에게 라면 먹는다고 약올렸다.

아내와 딸은 내가 라면 먹는 거 질색한다.

아내와 딸이 없으면 바로 라면을 끓인다.

강연 갈 때도 혼자 가면 밥때가 아니어도

무조건 첫번째 만나는 휴게소에서 라면을 먹으며

문자로 사진 보내고 전화로 약올린다.

저녁은 딸이 와서 정갈하게 차렸다.

저녁 먹으며 시 이야기했다.

내가 언젠가 써놓은 옛 마을 시를 같이 읽었다.

딸이 의외로 좋아한다.

딸은 자기들에게는 어른이 없다고 한다.

김구 선생은 너무 먼 사람 같다고 한다.

박완서 선생님도 먼 사람처럼 느껴진단다.

법정 스님, 박완서 선생님, 아빠 세대에는

정치하는 사람들도

나라의 어른으로 존경받았다고 한다.

세상을 혼낼 사람이 없다.

이런 욕이 더 있을까, 까지 온 정치와 자본과 언론이

우리들의 정신 위에 무차별 융단폭격을 가하고 있다.

정신의 끔찍한 초토화다.

딸이랑 이야기하면 차분해진다

딸하고 점심때 향가 가든으로 점심 먹으러 갔다.

봄이 오고 있는 강물을 같이 따라가보았다.

봄이 아직 어설프고 까칠하다.

순창읍에서 커피 사 가지고 왔다.

딸이랑 이야기하면 차분해진다.

아주 좋은 친구가 생겼다.

사리를 찾아 분별하고 바르게 판단하고

조리 있고 재치 있게 들어맞는 말을 한다.

시야가 넓어지고 시선이 깊어지는 것을 느낀다.

나도 따라 그렇게 되어간다.

어느 곳에서 우리의 생각은 봄날처럼 만나고

꽃 피고 잎이 핀다.

오늘은, 봄이다.

4월은 잔인한 달

사람들은 4월의 아픔을 이야기한다.

말을 안 한다고 해서

아픔을 잊고 사는 것은 아니다.

표현을 안 한 사람들의 아픔과 슬픔이

말을 한 사람들의 아픔과 슬픔보다 더 작다고

생각한 적 없다.

저 나무까지다

내 인간됨이나 내 인격이나 내 능력이 어디까지인지
내가 나를 잘 안다.
나는 공적인 책임을 감당할 성실성과 품격을 갖추지 못했다.
나는 내 인격적인 부실함을 안고 산다.

나는 어린 나무들과 바람 속을 날아가는 나비를 사랑한다.

나는 지금까지 나 말고

세상의 어떤 것도 고칠 만한 힘을 비축하지 못했다.

나는 나의 인간적인 가난을 크게 나무라지 않고 살았다.

나는 오래된 한 그루 나무 곁에

어린 나무 한 그루를 심어놓고 살았다.

내 삶은 지금 여기 이 집에서 강에 있는 저 나무까지다.

통증

며칠간 어깨 통증이 다시 도져
힘들고 글을 쓰지 못했다.
통증이 심해 진통제를 먹었다.
오늘은 병원을 순창으로 갔다.
주사 맞았다.
진주 아파트 사건은 충격이다.
치욕과 모욕을 뒤집어쓴 치 떨리는 날들이다.
5·18 민주화운동,
세월호에 대한 막말은 극치를 달린다.
그들은 능멸을 아는 사람들 같다.
사회의 해체가 시작되는 것 같은
공포가 스쳐지나간다.
잔인한 봄이다.

절 해

배를 타게 되었다.

6일간 배 위에 있어야 한다.

배가 여수 밤바다로 미끄러져 들어설 때

내 몸에서 오소소

몸서리가 났다.

바다 위에 떠가는 게 두렵다.

바다는 믿을 수 없다.

잠결에 배가 뒤뚱거리고

덜컹거리고 삐걱거린다.

내 머릿속으로 흰 파도가 들랑거린다.

내 잠은 늘 고요하였다.

바다 위에서 나는

험한 꿈들이 나를 깨워

무서움에 떨게 하였다.

'그 일'이 있은 후,

나는 처음으로 배를 탔다.

자다가 깨다가 잠인지 뭔지

긴가민가 잠이, 잠이 아니다.

나는 어디에 떠 있는가.

이곳은 죽음이다.

누구에게 손을 내밀까.

누가 나를 잡아줄까.

잡을 나뭇가지,

눈에 보이는 풀잎 하나 없다.

가라앉는 것들만 있다.

손 사이를 빠져나가는 것들만 있다.

출렁이고 뒤뚱거리고 덜컹거린다.

몸이 이상하였다.

울렁거리고 어지러웠다.

토가 나오려 했다.

이상하다.

체한 것 같아 깨어나 앉아 약 먹었다.

어지러웠다.

지금 나의 바다는 죽음과 같다.

절해를 둥둥 떠간다.

점심은 준이랑 먹고

어두워지자, 바다가 검은색을 띤다.

창밖에 검은 파도 소리가 들린다.

절해다.

絕海

검은 바다

오늘도

배 안에서 나는 우울하였고

두려웠으며

괴로웠고

추웠다.

그러다가 밤이 되면 어떤

별들을 보았고

별들이 사라지면

무서웠다.

아픈 어깨의 통증은

북을 치듯

내 몸을 두드리며 돌아다녔다.

한쪽 어깨가 딱딱하게 굳었다.

어깨살에 손을 대보면

종이 위를 스치는 것같이

감각이 없다.

무섭고 나는

돌아누우며

혼자,

바다 위에서

자꾸

울먹였다.

나가사키

상해에서 나가사키에 왔을 때 내 몸은 조금 나아졌다.

준이하고, 의사 남궁인이 나를 아이처럼 돌보았다.

밤이 되자 은희경하고 나하고 준이하고 인이하고

항구의 불빛을 보러 나갔다.

그래도 내 기분은 크게 개선되지 않았다.

밤이 되자 전망대에서 본 나가사키

항구 불빛이 아름다웠다.

배에 가지 않고 술을 마셨다.

난생 처음 맥주를 많이 마셨다.

우리들은 불량기를 익혀가며 처음 가출한 중학생들처럼

철없이 웃고 괜히 신바람이 나서 깔깔거리고

큰일을 마감한 날의 샐러리맨들처럼 밤늦게까지 떠들어대며

내일이 없는 사람들처럼 자유롭게 술을 마셨다.

새벽에 들어왔다.

아침이 되자 우리들은 또 나갔다.

갈 곳이 없는 청소년들처럼 목표 없이

아무 곳이나 헤매다가 점심은 나가사키 짬뽕을 먹고

대낮에 맥주를 마셨다.

그리고 저기 가자고 해놓고 가면 뭐해? 하며 안 가고

저기 갈까 해놓고 다른 곳을 갔다.

헤매는 자유가 좋았다.

내 어깨는 약간씩 호전되어갔다.

은희경하고 준이하고 인이하고 작은 선물을 사주었다.

은희경하고 준이는 오만원 상당의 선물을

인이는 십만원 상당의 선물을 사주었다.

배에 있는 동안 내가 보인 인간적인 결함 값이라고 했다.

인이는 허물을 보인 내 인격 값과 치료비를 얹어

운동화를 사주었다.

제주도에 도착하여

우리들은 우리들끼리

배와 헤어졌다.

날이 맑았다.

점심을 먹으러 갔다.

맛있게 먹었다.

그리고 맘껏 수다를 떨었다.

인이는 사준 운동화를 신고 좋은지

걸을 때도 운동화를 자꾸 내려다보았다.

우리들은 마치 수학여행 온 소년들처럼

불량기를 부리며 며칠 지냈다.

진짜 철없이 웃고, 모든 말들이 다 웃겼다.

나는 아프고 웃었다.

아내와 딸이 내가 떠나기 전에 주의를 주었던,

하루에 계란 두 개 이상 안 먹기

은희경이하고 준이에게 이런저런 신세 지지 말고

놀 때 말을 적게 할 것들을, 일부러 다 어기며 좋아했다.

주의사항을 확인해가며 어기는 즐거움은 배가 되었다.

준이는 나를 끝까지 잘 돌보아주었다.

준이는 내가 조마조마한가보다.

실제로도 나는 그렇다.

생각해보니, 나는 내가 스스로 할 수 있는 일이 별로 없었다.

딸이 광주 비행장으로 마중나왔다.

집에 올 때까지 딸에게 배에서 있었던

온갖 이야기를 차 안이 가득하게 쏟아놓았다.

딸도 즐거워하고 좋아하며 나를 안심하였다.

딸은 마을의 봄을 이야기하였다.

엄마 이야기를 했다.

느티나무 이야기를 했다.

고양이 보리 이야기를 했다.

그러고 보니, 딸이 쓴 편지 세 통을 제주도에서 읽었었다.

편지는 아름답고 섬세했다.

집에 왔다.

차에서 내리자 아내가 달려와

나를 안아주었다.

나는 끝까지 어리다.

딸이 웃어주었다.

고양이 보리도 마중나왔다.

집이다.

내 집, 아내는 쑥과 미나리로 이런저런 음식을 만들어놓았다.

우리들은 며칠간 밀린 이야기를 밤늦도록 늘어놓으며

즐거워했다.

나는 철없는 어린이에서 청소년으로 그리고 청년에서 아버지로
시인의 집으로 돌아왔다.

집이 제일이다.

은희경하고, 준이하고, 인이하고 놀던 일들을
때로 또렷하게 떠올리며 살 것이다.

마치 고등학교 때 친했던 친구들 같은 우정으로.

차에서 내렸을 때,

내 땅을 디뎠을 때,

아내가 달려오고

그리고 그 너머 어둔 산에서 울던 소쩍새 소리를
나는 오래 기억하리라.

5박 6일 배는 떠나가고
내일은 4월 16일이다.

밤바다 위에 별들이 벌벌 떨며 어둔 바다로 떨어질 때
나는 홀로 울었었다.

끝이 안 보이는 슬픈 수평선의 날들이었다.

집에서 첫 밤 나는 잠을 뒤척였다.

바다 위에 떠 있던 슬픈 별들이
자꾸 쓰러졌다.

전화

준아 출근했냐?

회의하느라 전화 받지 못했어요.

사람들이 모두 옳은 말만 하고,

필요 없는 말을 하나도 안 하고요,

그리고요,

웃지도 않아요.

첫 번째 편지
— 아빠

명숙 이모 아들 창호가 결혼했어요. 엄마는 결혼식 전에 명숙 이모를 안으며 울고 또 울었어요. 명숙 이모도 엄마 따라 울고 명숙 이모 동생들도 덩달아 울더라고요. 엄마는 결혼식 준비로 정신없는 세 자매를 울린 겁니다. 결혼식 끝나고는 아예 바닥에 앉아 통곡을 하며 울고 싶은 것을 스스로 겨우 달래는 것 같았습니다. 엄마는 잘 울어요. 그래서 그런지 감정의 정리가 빨리 되고 생각도 빠르게 정리합니다. 생각 정리가 빨라 생각이 깊어지나봐요. 눈물 때문에 연약해 보일지 몰라도 사실은 가장 강한 마음을 가지지 않았나, 오늘 엄마의 눈물을 보며 느꼈어요.

늘 생각하지만 결혼식은 적응하기 어렵습니다. 그래도 많은 사람에게 결혼을 알리기에 충분하지 않을까, 어쨌든 한 번에 축하를 받기에 쉬운 일이지 않을까, 나름 문화일 테지 하고 용서했습니다. 저는 때로 이해되지 않는 문화를 용서하곤 합니다. 엄마의 친구들과 함께 기차를 타고 집에 왔어요. 엄마는 쉬고 난 친구들을 잠깐 만나고 돌아왔답니다. 집에 얼른 오고 싶은데, 아빠는 얼마나 오고 싶을까요.

곧 보겠네요, 아빠. 시간이 좀 가니 아빠가 많이 보고 싶어요.

안녕 내일도 우리는 교회에 갑니다.

두번째 편지
— 아빠

오늘은 아침 안개가 많아 조깅을 하지 않았어요. 엄마는 돌을 이용해서 꽃밭 경계선을 정말 예쁘게 만들어놓으시고 전주에 친구들을 만나러 갔어요. 우리집 이모의 자리는 큽니다. 멈췄던 일상이 돌아가는 느낌이 들어요. 나름대로 내 일상을 지킨다고 생각했는데 이모의 투병생활은 엄마에게만큼 제게도 컸나봅니다.

한낮에 집에 혼자 있는 것은 오랜만이었어요. 보리도 저와 함께 있으니 신나게 뛰고 실컷 자요. 보리를 데리고 나가니 큰아버지는 허허 웃었어요. 기가 막히지만 그래도 재미난 구경을 하는 듯 웃으셨어요. 보리를 집에 두고 나가니 니 애기는 어딨냐? 하셨죠.

공부를 하다가 잠이 와서 이럴 때 한번 자보자 하고 잤어요. 잠깐 잠이 들었고 깊은 잠이었던 것 같습니다. 엄마가 돌아와서 우리는 미나리를 캐러 갔어요. 엄마는 밭에서 미나리 몇 덩이를 파다가 우리집 뒷산에 심었어요. 샘물 줄기가 흐르는 곳이라서 물도 있고 깨끗하니 좋을 거라고 했어요. 한 덩이 한 덩이 거침없이 흙을 파서 심습니다. 미나리를 심으러 가는 길에 냉이꽃을 봤어요. 그 냉이꽃이 지금 생각납니다.

'봄날의책'에서 시집이 왔어요. 라이너 쿤체, 제목은 『나와 마주하는 시간』. 첫 시부터 내게 새로운 생각을 만들어줬어요. 그 순간을 시의 순간이라고 부를 수 있을 것 같아요. 어떤 말, 어떤 생각과 장면이 한순간에 하나가 되는 그런 순간요.

저녁에는 큰집에서 콩죽을 먹었어요. 흰 콩죽에 칼국수를 섞어 먹는 거예요. 처음 먹었는데 정말 맛있었어요. 그런데 다 먹지 못했어요. 이상하게 큰집에서는 뭘 제대로 먹지 못하겠어요. 큰아버지는 속이 불편하신지 다 드시지 못했답니다. 식탁에 당숙 할머니와 이장님 와이프 은실 아줌마가 호호거리며 계셨어요. 은실 아줌마는 고개를 뒤로 젖히며 웃는데 눈과 입이 굉장히 귀여운 사람이에요. 억지로 웃는 것 같은데, 처음에 억지로 웃다가 정말 웃게 되는 그런 웃음을 가졌어요. 당숙 할머니를 보니 당숙 할머니의 근사한 밭이 떠올랐습니다. 가장자리가 잘 마무리된 근사한 밭요. 아빠 말대로 마을 사람들은 근사한 일상을 살 수도 있다는 생각을 했습니다.

지금은 밤이에요. 엄마는 아빠 생각을 많이 하는 것 같아요. 뭐 할 때마다 아빠 이야기를 한답니다. 엄마는 쉬고, 나는 라이너 쿤체 시집을 읽습니다. 아빠가 보면 정말 좋아할 시집이에요. 새로 일군 꽃밭도 시집도 얼른 아빠가 봤으면 좋겠습니다.

아쉬우니 라이너 쿤체 시 한 편을 보내요.

8월 은유

지평선에는

또 하루 이글거리는 날의 표지

붉은 태양원반을 이마에 찍은

흰빛 아침은—

한 마리 단학丹鶴 비단 잉어

천상의 연못들에서 왔구나

　　—『나와 마주하는 시간』(전영애 · 박세인 옮김, 봄날의책, 2019)

세번째 편지
—아빠

무주에 다녀왔어요. 아침을 먹고 바로 출발했습니다. 엄마는 들 뜬다고, 설렌다고 그러셨어요. 이 봄날에 고향에 간다는 것은 그런 것인가봅니다.

엄마가 다니던 초등학교, 이웃 친구들 동네, 어릴 적 살던 동네 를 갔어요. 엄마는 가는 곳마다 그땐 이랬고 그땐 저랬고 하며 계 속 이야기해주셨어요.

엄마의 고향에는 복숭아나무가 많았어요. 복숭아꽃 옆에 진달 래꽃도 있고 개나리도 있어요. '복숭아꽃 살구꽃 아기 진달래'라는 노래가 생각났답니다.

엄마가 살던 마을은 많이 헤져 있었어요. 사람 손이 오랫동안 가 지 않은 집들이 더 많았어요. 그래도 엄마는 골목을 걸으며 이곳 아 줌마는 집을 세련되게 해놨었다, 저 집은 우리 큰집인데 시상에, 여 기다가 딸기 심어놓은 것 좀 봐라, 샘이 여기 있던 것 같은데, 라며

구석구석 기억을 말했어요. 아이였던 엄마는 그때도 남다른 시선을 가진 아이였겠죠. 마을은 생각보다 낡았고 생각했던 것보다는 익숙했습니다. 엄마와 마을 둘레를 잠시 걸었어요. 우리는 손을 잡고 걷고, 엄마는 옛이야기를 들려줬어요. 그 길에서 꽃다지 꽃을 봤어요. 냉이꽃과 똑같은데 노란색이더라고요. 어느 곳에는 무더기로 있고, 어느 곳에는 조금 모여 있고 또 어느 곳에는 꽃 하나만 있었어요. 아빠 동요 '해진다 꽃다지야/ 너도 엄마한테 혼났니/ 그래도 집에 가렴/ 집에 가면 엄마가 좋아할 거야' 이 동요가 생각났어요. 시언이에게 이 노래를 불러주면서 나중에 내 아이에게 자장가로 불러주면 좋겠다 생각한 적이 있었어요. 엄마는 강가를 걸으면서 내가 복숭아나무를 좋아하는 이유가 다 여기 있구나라는 말을 계속 반복했어요.

무주에서 맛있는 밥을 먹고 돌아왔답니다. 순창에 들어오니 마음이 편하고 마을 입구를 들어서니 마음이 놓였어요. 여기가 우리 집이죠.

아빠는 어디에 있어요? 나가사키 가면 꼭 짬뽕을 드세요. 보리는 오늘도 무사천하태평입니다.

안녕!

봄날

눈을 뜨자마자 창을 열었다.

아침이 밝아오고 있다.

마당에 내려섰다.

소란의 자리마다

독립된 찬란이 되어가는 아침이다.

정신 못 차리겠다.

나무, 꽃들, 새소리, 어찌하나,

이 아름다운 것들을.

딸과 같이 강물을 따라 걸었다.

강가에 진분홍 복숭아꽃이 만발하고

산속에서 산벚꽃이 피어난다.

이 소란

이 찬란

내 정신은 어디에 서지 못한다.

내 발걸음은 어디에 멈추지 못한다.

내 시선은 고정을 모른다.

두 눈이 안 붙는다.

정착이 없다.

파열이다.

폭발이다.

환생이다.

부활이다.

고통이다.

기쁨이다.

봄은.

'다'

다.

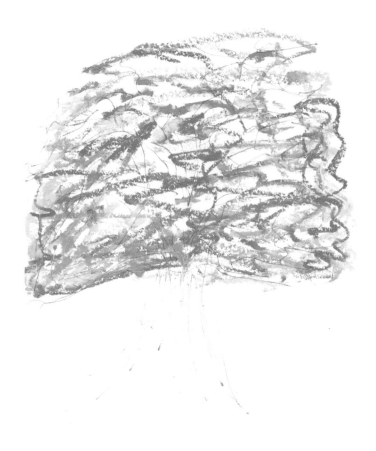

144

나무 위로 나비가 날아가요

　강언덕 느티나무 두 그루와 뒷산 큰 당산나무가 하루이틀 시차를 두고 잎을 피운다. 드문 일이다. 풍성하다. 새들이 날아든다. 같은 나무라 해도 이 가지 저 가지 잎이 피는 순서와 차례가 다르다. 이 가지 잎이 피고 한참을 있으면 저 가지가 피고 또 저쪽 가지 잎이 피어나 한참 있어야 이쪽 나뭇가지가 잎을 피우는데, 올해는 다르다. 세 그루 하루이틀 사나흘 사이를 두고 앞서거니 뒤서거니 잎이 무성해지고 찬란해지고 화려하게 웅혼해진다. 그리고 어느 날 세 그루 모두 한 색으로 드러났다.

　나무는 시인이다. 나무는 시다. 나무는 날마다 새 시, 새 역사를 쓴다. 새봄이 되면 나무는 평등과 공정, 정의의 새 정부를 조각한다. 인간이 닮아야 할 모든 것을 나무는 갖추고 저렇게 달빛 아래 서 있다. 흔들리되 무엇도 빌리지 않는다. 정면이 없고 경계도 없다. 볼 때마다 다른 색깔과 모양을 보여주지만 자리를 뜨지 않는다.

해가 들지 않는 잔가지는 죽어 저절로 땅에 떨어지고, 산 가지들은 같이 뻗어간다. 바람이 불면 바람 부는 나무가 되고 달이 뜨면 달이 뜨는 나무가 된다. 나는 나비가 나무 위를 날아 넘어갈 때 제일 좋다. 어디서 오는지 모를 사랑을 느낀다. 뿌리는 공간을 넓히는 가지만큼 뻗고, 방해하는 것들은 돌아가고 넘어간다. 돌 틈이 생겨도 파고들어가 저쪽 습기에 가닿는다. 느티나무는 느티나무로 태어나 느티나무로 살다가 느티나무로 죽는다. 나는 아직 죽은 느티나무를 보지 못했다.

맛난 글

아침에 정재승의 칼럼을 읽었다.

좋은 생각을 알아듣기 쉽고

실현할 수 있는 글로 쓴다.

친절하다.

글이 맛나다.

한국일보 이원의 시 한 송이를 읽었다.

준이가 시집의 차례를 정리해 보내왔다.

준이는 조심스러운 마음을

한 발 두 발 천천히 이동시킨다.

다음 발이 어디를 디딜지를 알고 있다는 듯이,

마치,

달이 살구나무 가지에서 감나무 가지로 가듯

시도 그렇게 쓴다.

현선이네 집

현선이네 집에 들렀다.

혼자 누워 있다.

손을 잡아주었다.

머리도 짚어주었다.

평생을 누워 지낸다.

며칠간 어머니가 병원에 계셔서

혼자 도우미의 도움을 받으며 지낸다.

봄맞이 꽃 시를 쓰다

딸이 밥하는 도마 소리 속에서
새가 운다.
오직 그 두 소리가 또렷하게 들리는
봄 아침이다.
오늘은 「봄맞이 꽃」 시를 썼다.

칠십이 년

마을 앞 느티나무 잎이 무성해진다.

놀랍다.

놀라고 나면 또 놀라게 한다.

아침에 문을 열고 나무 색부터 살핀다.

아침마다 느티나무 색깔이 다르다.

칠십이 년 동안 나는 저 나무를 보며 살았다.

단 한 번도 질린 적이 없었다.

봄은 꽃과 잎과 새 들,

바람들이 바쁜 날들이다.

거기서부터

그러니까 나는
거기서부터 걸었다.
봄에서 봄으로
감잎이 피는 집에서
감잎이 피는 집으로.

어둠을 품은 느티나무

철호가 왔다.

치매가 있다.

내 손을 꼭 잡고 다섯 손가락 깍지를 끼었다.

내 눈에도 철호의 눈에도 이슬이 맺혔다.

용덕이가 같이 왔다.

내 유일한 중고등학교 친구다.

이 둘은 내가 중고등학교를 다녔다는 유일한

물리적 정신적 증인이다.

철호는 화가가 되고 싶었다.

끝내, 끝끝내 철호의 꿈은 좌절되었고

좌절된 것을 알고도 끝끝내 포기하지 않았다.

좌절된 현실과 이루지 못한 꿈의 공존은

사람의 얼굴을 슬프게 한다.

그 고뇌가 딱딱하게 굳은 철호의 얼굴에서

나는 그의 꿈을, 흔적을 찾아 슬프게 읽는다.

내가 선생 강습을 받을 때

자전거를 빌려 타고 광주금남로 분수대까지 가서 그림을 그렸다.

나는 그 옆에 서 있었다.

학교에 근무할 때는 학교마다 찾아와서

운동장 가에 이젤을 세워두고

혼자 그림을 그렸다.

한때는 장승을 깎기도 했다.

그렇게 세월이 철호를 여기에 데려다놓았다.

철호가 가면서 잡은 손을 놓지 못한다.

잡은 손을 자꾸 무엇인가를 다짐하듯 끌어당겨 꼬옥 잡았다.

눈물이 그렁그렁했다.

오늘은 내게 철호의 날이었다.

철호를 보내고 돌아오면서 느티나무 아래 서 있었다.

느티나무는 잎이 무성해지면서

어둠도 잘 품는다.

옛날 시를 찾았다

아내가 맛있는 김치를 담갔다.

돌나물 물김치하고 국물이 찰박한 물김치를 담갔다.

맛있다.

병원에 갔다.

밀려서 두 시간 동안 병원에 앉아 있었다.

짜증이 여기저기에서 슬슬 기어나와

내 얼굴로 몰려드는 것을 느꼈다.

얼굴을 자꾸 고쳤다.

오늘은 옛날 시를 몇 편 더 찾았다.

알고 보니, 내가 환갑 무렵에 쓴 동네 이야기들이다.

딸이 이 시는 영화 같다고 한다.

「가을」과 「아롱이 양반」은 새로 쓰고

「보리밭」은 다시 찾고 「금화」 「청산」이 좋았다.

새로 찾은 「보리밭」이 좋았다.

「금화」도 좋다.

인이의 책을 읽고 있을 때

인이에게서 문자가 왔다.

선생님이 사는 곳은 평화롭겠지요?

나는 너무 평화로워 평화가 아프단다, 고 문자했다.

나의 평화 뒤에 어둔 그늘이 없는 것은 아니지만

그래도 내 일상은 평화롭다.

나도 사회인이다.

인세 왔다.

상당히 많이 왔다.

좋다.

어둠도 부드러운 봄날

다섯시쯤 일어났다.

창문을 열었다.

다섯시 십삼분이다.

새들이 울지 않아

다시 밖을 보았다.

울지 않는다.

이상하다.

날이 새는데, 그러다가 다시 문을 열었다.

다섯시 십육분이다.

어? 새들이 운다.

요란하다.

집 뒤란 무성해지는 밤나무 숲속에서 운다.

몇 종류인지 세어보았다.

세다가 다른 새가 울면 세던 수를 잊는다.

창틀에 앉아서

새소리들을 추려 손가락을 꼽으며

다시 새소리를 세었다.

여덟 종류의 새소리를 꼽을 수 있었다.

이후는 분별이 안 된다.

새들이 사는 소리가, 새소리다.

자세히 들어보면 어제와 약간씩 다르게 운다.

날이 가고 있다.

날이 밝아오자 까치와 물까치 소리가 사나워진다.

귀에 익은 참새 소리가 간간이 들린다.

아침에 꿩이 크게 울었다.

딸이 심은 딸의 나무까지 산책하였다.

나무가 눈을 뜬다.

첫눈이다.

새 눈 같다.

우리들은 환호하였다.

살았다.

강을 건너갔다.

꿩이 크게 울길래, 내가 저건 꿩 울음이다, 고 했다.

딸에게 꿩의 생태와 원앙의 생태에 대해 이야기하였다.

많은 이야기를 했다.

내 말을 귀에 담는다.

풀과 나무와 새 들의 이야기들이다.

잘못하면 지루한 공부시간이 된다.

아내와 같이 겨울옷을 정리하였다.

땀이 났다.

혼자 하면 힘들고 많은 시간이 걸린다.

백지장도 맞들면 낫다, 라는 말은

부부 사이에서 태어나지 않았을까.

둘이 일을 하면 의외로 일이 수월하고 빨리 끝난다.

빨래 널고 꽃밭 풀을 매려 하니, 비가 왔다.

차를 타고 읍내에 나갔다.

읍내에 나갔다, 라는 말에서는 이런저런

낭만의 냄새가 솔솔 새어나온다.

명랑한 기대감이 있다.

내가 중고등학교를 다닌 곳 아닌가.

우체국에 들렀으나 병문이네 택배를 부치지 못했다.

커피집에 들러 커피를 샀다.

다시 다른 택배집에 들러 오래 기다리다가 택배를 부쳤다.

철물점에 들러 판조 형님 집 손수레 뚜껑을 샀다.

슈퍼에 들러 무 샀다.

다시 찻집에 가서 아내 것 한 잔 내 거 한 잔 더 샀다.

군청 옆을 지났다.

순창군청 앞 나무들이 우람하고 잘 자랐다.

좋은 정원이다.

청사는 조용하다.

저 안에서 무슨 일들을 하고 있을까?

비가 오니 새잎들이 더 아름답다.

봄이다.

봄은, 그리고 봄비는 자꾸 딴 세상을 그려낸다.

집으로 왔다.

아내가 담근 김치로 된장국으로 그리고

아침에 이정래씨가 가져온 두릅으로

그리고 어제 남은 돼지고기로 둘이 밥을 정신없이 먹었다.

맛있는 봄 밥이다.

꽃 사진을 찍었다.

뒤란의 노란 애기똥풀 꽃과 미나리 냉이 흰 꽃이다.

느티나무도 찍었다.

비가 그치려나보다.

시를 쓰려고 서재로 왔다.

밤이 검다.

시 쓰는 대신 딸과 아내와 셋이 오래

봄 이야기하였다.

이야기는 꽃이 지고 피고 또 지며 이파리들이

연두색에서 초록으로 건너가기도 한다.

봄밤은 부드럽고 부드러운 새 이파리들 사이로 어둠이 스며들어

어둠이 검다.

봄날은 어둠도 부드럽다.

날이면 날마다

도대체 날이면 날마다 빨래다.

돌리고 널고 개고 쌓아두고

꺼내 입고 또 그렇게 하고.

생각을 좀 해봐야겠다.

근데?

빨래를 놓고

뭘 생각해?

얼굴을 마주보며 놀라다

꽃마리 꽃의 저 가녀린

색과 꽃 모양이 눈에 그려진다.

환상 같은 아침이다.

꽃마리 꽃은 어찌나 희고 고운 색이던지,

꽃 테두리가 없다.

하루종일 비다.

비는 안 보이고, 비다.

이슬들이 맺혀 비였음을 말한다.

아내는 꽃밭 돌보고,

국회는 깡패 짓을 한다.

그러거나 말거나

우산을 쓰고 아내랑 산책 갔다.

'그러거나 말거나'는 이 나라에 사는

치욕적인 삶의 방식이다.

숲이 우거진다.

나뭇잎들은 정치하고 상관없다.

나뭇잎이 정치하고 상관이 있으면,

진짜 이 나라를 떠나야 하리라.

아내와 나는

꽃마리 꽃이 하도 예뻐서

허리를 숙이고 서서

들여다보며 놀라고

얼굴을 마주보며 놀란다.

이슬

풀잎들은 이슬을 단다.

풀잎이 달고 있는

아름답고도 숭고하고 조심스러운 이 물방울은

자연의 가장 아름다운 선물이고 축복이다.

이것들은 어디에서 오는가?

이슬에 젖은 신발로 새어든 물기가 살에 닿는다.

이슬은 예민한 자연의 산물 중 하나다.

이슬은 지구의 가장 밝은 눈이다.

모든 것을 이긴 색

어제보다 늦게 온 달이 늦게 오느라 힘들었는지 몸이 줄어들었습니다. 새들의 우는 시간이 조금씩 빨라졌습니다. 날이 새는 시간을 정확하게 따라가며 새들은 생활을 앞당깁니다. 봄은 앞을 당기고 겨울은 뒤를 당깁니다. 달의 몸이 줄어든 길이, 새들이 빨리 울기 시작한 시간이 동쪽에서 옵니다. 조금씩 당기고, 조금씩 베어먹고, 조금씩 길어나고, 참꽃마리 꽃이 연분홍에서 멀어지면서 보라색 끝에서 땅으로 뚝 떨어졌습니다. 꽃송이를 가만히 집어들고 손바닥 위에 올려놓고 들여다봅니다. 눈에 넣어도 아프지 않을 것 같은 이 작고 아름다운 것, 손바닥에 누워 있는 이것이 나를 가만히 들여다보기에 뒤집어놓아 봅니다. 꽃잎 한가운데 바늘구멍만 한 크기의 노란 구멍이 나 있네요. 이 노란색은 모든 색을 이긴 색입니다.

새벽 한시 반쯤 시를 쓰다

새벽 한시 반쯤 깼다.

시를 썼다.

참꽃마리에 대한 시다.

네시 반쯤 다시 잤다.

아침에 산책 갔다.

이슬비가 내린다.

오래 걸었다.

강 건너 강변에 어린 느티나무

한 그루가 예쁘게 자라고 있어서

쇠막대기를 가져다가 지주로 세워주었다.

누군가 돌보고 있다는 신호다.

딸하고 마을에서 우는

닭 울음소리를 흉내내며 웃었다.

나는 꼬끼요오오오 하고 운다고

배운 대로 전통적인 흉내를 내고

딸은 우후후후우 하고 운다고

나름대로 현대적인 흉내를 낸다.

둘이 보며 웃었다.

김영랑이네!

하루종일 비 온다.

우거지는 나뭇잎들이 어쩔 줄을 모른다.

낭창낭창 휘어진다.

강변에 작은 느티나무 잎들이 어찌나 무성하던지

자기 가지를 이기지 못한다.

자기도 이럴 줄 몰랐나보다.

화단 목단이 피기 시작한다.

꽃잎이 너무 커서 꽃 모양이

게으른 사람 옷매무새처럼 흐트러졌다. 그래도

딸이 모란꽃을 볼 때마다 '김영랑이네' 한다.

팩

잠이 일찍 온다.

얼굴 팩했다.

해 질 무렵

해 질 무렵 산책 갔다.

집을 건너다보았다.

집이 좋다.

어두운 강길을 걸었다

두려움 없는 길이다.

산들이 검푸르게 일어섰다가

자리를 찾아 차분하게 앉는 시간이다.

홀로 걷는 길이

고요히 좋다.

봄날의 어둠은 깊다.

깊은 어둠을 보고

서 있다가

왔다.

해당화

물안개가 피어오른다.

우리집에는

해당화가 피었다.

결혼기념일

꾀꼬리가 처음 울었다.

우리 오늘 결혼식 한 날이다.

점심은 오갈피 순, 취, 뽕잎 무친 것하고 먹었다.

민해가 우리집이 소 외양간이네, 한다.

끼니마다 초식이다.

감잎이 예쁘다.

감나무 앞에

뒷짐 지고 서서

잎 피는

감나무를 올려다보았다.

민해가 오늘 엄마 아빠 결혼기념일이네 한다.

아내는 쑥을 다듬으며 고개도 안 들고 말한다.

결혼한 것도 짜증나는데 무슨 기념까지 해.

셋이 크게 웃었다.

꾀꼬리도 처음 울었는데

'기념'으로 해 질 때 강길을

셋이 걸어갔다.

눈가가 젖어 있다

아침에 서울 갔다.

아내에게 전화했다.

장 담근다고 했다.

된장 맛이 기대된다고 했다.

어머니 된장보다는 못하지만 맛이 난다고 했다.

정안에서 군밤 샀다.

때가 지나서인지

별로다.

서울도 날이 좋았다.

한강변이 신록이다.

서울의 하늘과 빌딩들과 먼산이 보였다.

멀리 있는 깨끗한 서울 산을 처음 보고 놀랐다.

차 안에서 잤다.

정안 지나서 깼다.

해가 지고 있다.

둥글고 붉은 태양이 부여 강경 논산 익산 삼례 봉동

군산 낮은 산 너머로 지고 있다.

날이 맑아 붉은 해가 얼굴을 씻은 듯 곱다.

서쪽이 있다.

서녘 노을이 깔린다.

좋다.

물을 잡아놓은 논과 곱게 갈아놓은 마른논들이 평화롭다.

트랙터 자국들이 선명한 흙이 맑은 하늘 아래 있다.

차창에 지나치는

밤나무들 숲이 어둠 속에 서늘하였다.

좀처럼 보기 드문 신록의 순간이다.

우리집 잔디 마당에 들어서며 하늘을 올려다보았다.

별들이 하늘에 박혀 서늘한 기운에

눈가가 젖어 더 총총하다.

자자 하고, 잤다

아침때 쑥을 뜯으러 갔다.

다섯 자루 정도 뜯었다.

뜯는다고 하지만 키가 커서 낫으로 벤다.

쑥을 다듬고 있는데 꾀꼬리가

이 산 저 산에서 또렷하게 운다.

앞산에서 한 마리가 울면 뒷산에서 화답한다.

시를 잊고 산다.

저 산천이 시다.

산천이 저리 찬란하고 눈이 부신데,

바람이 저렇게 부는데,

새로 길어난 나뭇가지들이

봄바람에 저렇게 흔들리는데,

시는 뭐 하러 쓰나.

시를 어따 쓰나.

내 하루 삶의 어디다가 시를 쓰나.

어느 빈자리가 있기는 있나.

새들이 저리 날아다니는데.

내 시를 어디다가 쓰나.

인간에게는 최소한도가 없다.

자자 하고 바로 잤다.

아기 상추 비빔밥

5월 1일

텔레비전 녹화했다.

이승연, 김보민 아나운서가 왔다.

오후 내내 웃느라 힘들었다.

유쾌한 하루였다.

솔직하고, 명랑하고, 영리한 사람들이다.

해 질 무렵 갔다.

집을 좋아했다.

해 질 무렵 아내와 천담권역 사무실까지 걸어갔다.

어두운 강길을 걸었다.

봄이 어둡다.

평화로운 강길이다.

내게, 내 정원 같은 곳이다.

산들이 어둠으로 파르르 일어섰다가 가라앉으며

자기 자리를 찾아 앉아 있다.

집에 와서 밥 먹었다.

아내가 만들어준 아기 상추 비빔밥이다.

밥은 한 숟갈쯤 넣고 된장국 두 숟갈 넣고

상추와 부추는 몽땅 넣고 비빈다.

비비고 자시고 할 것 없다.

그냥 다 풀이다.

그런데 맛있다.

아기 담배상추와 된장국과 부추의 맛이 거칠게 어우러져

기묘한 맛이 난다.

땡긴다.

정말 땡긴다.

이것은 사실 점심용이다.

서리가 막 지나가고 파종한

노지 재배의 아기 담배상추여야

이 맛이 난다.

놀라운 맛이다.

입안 가득 퍼 넣는다.

새들의 소란

담비 두 마리가 뒤란 감나무에서 재빨리 내려와

산속으로 사라졌다.

감나무 위에는 까치가 새끼를 기르고 있다.

위험에 닥친 새들의 거친 아침 소란이 잦아든다.

최소주의자의 이 하루

최대한도의 생존능력과 노력으로 얻은

풀씨 두서너 개가 든 모래주머니로

날 저문 버드나무 실가지 끝에 앉은

붉은머리오목눈이라 불리는 뱁새의

까만 눈과 마주치다.

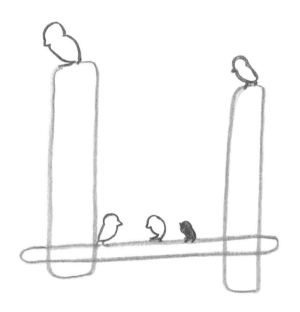

서 있는 풀대

뱁새들은 강가에 서 있는,

가늘디가는 겨울 풀대가 휘어지지 않게 앉는,

시적 긴장과 균형의 성취감을 알고 있다.

나비

해가 넘어간다.

나비가 강을 건너오고 있다.

강을 다 건널 때까지 보고

서 있다.

빈 나뭇가지

강가에서 뱁새가 입안 가득

털과 마른 풀잎을 물고 쉬고 있다.

집 뒤란에서 꾀꼬리 운다.

카메라를 챙겨 재빨리 뒷산으로 올라갔다.

꾀꼬리가 세 마리가

나뭇가지에 앉아 있다.

아직 짝을 정하지 못한 모양이다.

울고 싸우고 다투는 중이다.

짝을 찾은 새들은

사랑의 보금자리를 짓기 바쁘고

짝이 없는 새들은 외로이

빈 나뭇가지에 앉아 하염없다.

그리고 안 보인다.

산과 산 사이에 있는 집

아침 먹고

빨래 걷고 널고 또 걷었다.

이불 털어 세탁기에 넣고

베개 커버 벗겨 털었다.

베개 담장 햇볕 위에 올려놓았다.

일을 하는 짬짬이 새소리를 듣고

문득 서서 앞산의 신록을 보고

강물을 본다.

그것은, 그 시간은 내가 새로워지는 시간,

구름이 걷히자 쑥 널었다.

쑥이 다 말라간다.

오후에도 아내 빨래 도왔다.

어쩔 때는 내가 단독으로 빨래를 걷고 개고 정리한다.

순창에 갔다.

쑥떡 하러 갔다.

나는 종합소득세 서류 하러 농협에 갔더니, 문 닫았다.

떡집에 왔다.

떡집이 성황이다.

딸 둘과 일꾼 하나와 어머니가 하는 떡집이다.

아내는 이미 이 집의 인적 구성과 소득 규모를 대략 파악했다.

떡을 다 했다.

떡 하러 온 손님들에게 아내는 떡을 아낌없이 나눠주고

떡집에도 떡을 듬뿍 집어준다.

떡을 싣고

옥수수 몇 포기와 가지 몇 포기를 샀다.

뒤란 텃밭에 심을 것이다.

옥수수 네 포기와 가지 네 포기 다 합쳐 천원이라고 하여

아니라고 우수로 더 주었기 때문에

이천원쯤 된다고 천원 더 주었다.

집에 와서 나는 옥수수 심고 물 주었다.

저번에 심은 고추와 상추가 잘 자란다.

날이 너무 가물어 날마다 해질녘에 물을 주어야 한다.

아내 꽃 심는 곳 찾아다니며 물 주었다.

아내가 심어놓은 꽃들이 여기저기 피어 있다.

꽃 심고 물 주고 산책 나갔다.

어둑어둑한 길이다.

아내가 손잡자고 한다.

그러자고 하다 뿌리친다.

새들은 집을 찾아들었는지 숲이 조용하다.

호반새가 어디선가 운다.

올해 들어 처음 들었다.

호반새는 호로로로롱 호로로로로롱 하고 운다.

곱고 부드럽고 멀리 가는 아름다운 멜로디를 가졌다.

소쩍새도 운다.

집에 와서 떡을 비닐봉지에 두 개씩 담았다.

두고두고 먹을 것이다.

딸도 옥수수 모종을 사왔다.

일을 끝내니 아홉시 반이 되었다.

바쁜 하루다.

나는 씻고 얼굴에 팩하고 누워 텔레비전 보다

나도 모르게 잔다.

오늘도 그랬다.

주부처럼…… 집안일이 손에 잡힌다.

오늘은『콩, 너는 죽었다』

재쇄를 많이 찍는다고 한다.

그 생각 하면서 좋아

돌아누우며 잤다.

당신의 당신이 하루종일 한 일

드디어 아내의 여름맞이 집안일이 다 끝났다.

아무 일도 없는 것 같은데 조금만 게으름을 피우면 일은 쌓이고, 많은 일을 한 것 같은데도 애쓴 흔적은 없고, 일을 다 한 것 같은데 할일은 또 생겨난다. 집안일은 끝도 없고 시작도 없고 마침표를 찍을 기회를 찾지 못하는 지루한 문장처럼 이어진다.

그런 아내에게 남편들은 집에 와서 이따금 이렇게 말한다,

"당신 집에서 하루종일 하는 일이 도대체 뭐야?"

이러다가 우리 싸우고 말지

여보, 상치 씻은 것

저기다가 두고

이 빵 좀 들고 따라와요.

빵 거기다가 두고

이불을 걷어야겠지요.

그걸 개서

이불장에 넣으세요.

당신 바지랑

내 원피스 걷어서

옷장에 걸어주세요.

병에 물을 채워 냉장고에 넣어야겠는데요.

가만히 있어봐,

여보 탁자 좀 정리해야겠어요.

저기 저 옷 창고에 갖다두고 오면서

여름옷 챙겨놓은 것 가져오세요.

여보, 근데 미안하지만

커피 좀 타 오면 안 될까요.

프림 안 들어간 걸로요.

어? 파리닷!

근데 여보, 나 숨 좀 쉬면

안 될까?

알았어요.

그럼 숨쉬고

이 빨래 좀 널어주세요.

이런 거 가지고

여보, 삼십분 있으면 햇빛이 다 가니까

큰집에 당신 바지 널어놨거든요.

걷어다가 집 뒤란에 당신 옷 걸어둔 것

걷어 같이 개고

여기 빨래 다 말랐거든요.

정리하고

세탁기 빨래

여기다 널어요.

다시 말하지만 빨래 널 때 탈탈 터세요.

여보, 그리고 이런 거 가지고

시 쓰지 마요.

사람들이 뭐라 그래요.

집

집을 보면 그 사람이 어디서 왔고 어디에 있고
어디로 갈지를 알 수 있다.

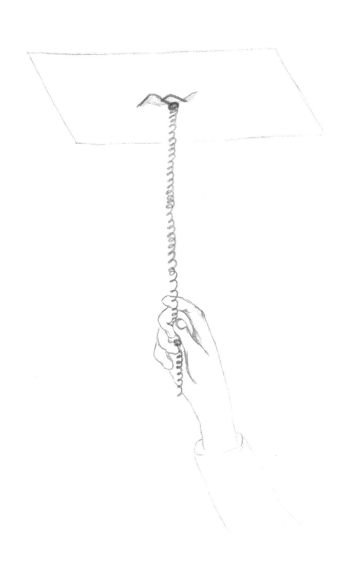

나의 산

해 져요.

오늘 할일은

다 하셨나요.

나는

산 아래 있어요.

나의 강에서

걸을 때는 물 같고

서 있을 때는 나무 같고

앉아 있을 때는 바위 같고

누워 있으면 산 같았다.

그러면서

하나하나 일일이

알아갔던 세상처럼

한 걸음 두 걸음은

내 뒤에서

내 인생이 없었던 것처럼

사라지리라.

5·18

5·18이다.

대통령이 5·18 기념공원에서 연설하다가 말을 잇지 못한다. 나도 따라 고개를 숙였다. 눈시울을 적시며 울음을 머금은 대통령의 마음이 고스란히 전해져왔다. 그의 선한 눈은 감기지 않았다.

당신이 가만가만

오락가락한다.

와서 머물면 갔으면 하고

가서 오래 안 오면

동구에 나가 서 있다.

모이면 떨어지고

자르면 새순에

이슬이 돋는다.

지금은 이 마음이

내 마음이 아니다.

그냥 가만가만.

그냥 가만가만.

보슬보슬 보슬비가 보슬보슬 내려요

보슬보슬

보슬비가 온다.

그때였다.

거센 비바람이 휘몰아쳤다. 감나무들이 깜짝 놀라 정신을 못 차렸다. 새소리가 뚝 그쳤다. 모든 성장이 정지되었다. 어? 어? 하는 사이 금방 바람이 사라졌다. 다시 잔잔해졌다. 봄날의 끝에서 풀과 나무들이 불러온 바람이다. 새로 길어난 가지와 새로 핀 잎새들, 정리를 한번 하고 넘어갈 때다.

날이 들고 5월의 신록이 환해졌다. 새들이 동쪽으로 서쪽으로 날았다. 모든 것이 제자리로 돌아와 정신을 가다듬고

봄바람에 살랑대고 있다.

달이 내 얼굴을 내려다보고 있었던 날 아침

아침에 눈을 떴더니

달이 내 얼굴을 들여다보고 있었습니다.

깜짝 놀랐습니다.

깊은 산속에서 뻐꾹새가 오늘 처음 울었습니다.

어제부터 뒷산 당산나무 파랑새가 조용해졌습니다.

강변 풀잎 끝에 이슬들이 영롱합니다.

꾀꼬리는 조용합니다.

며칠 되었지요.

물까치가 날아다니기는 하지만

전깃줄에 앉아 온순해졌습니다.

뒤란 감나무 까치도 조용하구요.

딱새는 아직 자나봅니다.

뱁새가 이슬 맺힌 풀잎 사이로 날아가는지 풀잎이 흔들리고 이슬 몇 방울이 굴러떨어집니다.

며칠 동안 보았는데,

뱁새가 버드나무 가지 사이에

집을 짓는 모양입니다.

입 가득 마른 풀잎과 새털들을 물고 다닙니다.

그 버드나무 가지 사이로 오늘 아침

어치가 날아들었습니다.

어치는 이 가지에서 저 가지로 자리를 옮기더니

어딘가로 숨어 나타나지 않았습니다.

혹시 뱁새 둥지에 알을 낳고 있는지 모릅니다.

그제부터 앞 강에 원앙이

새끼 아홉 마리를 데리고 돌아다닙니다.

상당히 컸어요.

물살이 크게 일어 자세히 보았더니, 원앙이었지요.

오늘 아침에는 어른 오리들이 놀던 바위 위에 앉아

몸에 기름을 바르고 엄마 곁에 오불오불 모여서

어른들같이 고개를 날개 위에 조용히 얹고

고요히 쉬고 있었습니다.

새끼들의 어린 고요도 제법입니다.

꾀꼬리는 아직 강으로 물 먹으러 나오지 않았습니다.

참새 한 쌍이 물싸리 죽은 나뭇가지에 앉아 있었습니다.

오랫동안 바라보고 있어도 날아가지 않았어요.

사이가 그리 좋아 보이지는 않았습니다.

살금살금 한 발 한 발 가까이 다가가도 날지 않고

얼굴을 마주보고 있었으나

별 감정 없어 보였습니다.

아침부터 싸웠을까요.

방향이 다르게 날아갔습니다.

말다툼 이상인가봐요.

오래오래

비 와요.

바람도 불어요.

꽃들이 누웠어요.

꽃봉우리가 너무 커요.

키도 너무 커요.

그래서 누웠어요.

편해요.

누운 꽃을 보고 있자니

나도 눕고 싶어져요.

비 그친 앞산을 보고

오래 서 있었네요.

해 뜨기 전

새들 동태를 보러
강가에 나갔다.
뱁새가 안 보인다.
집을 다 지었나보다.
집으로 돌아오는 길
까치가 어린 새끼를 데리고
날기 연습하는 것을 보았다.
날아가는 모습이 가까이 정다웠다.
그들이 집으로 들 때까지 보고
서 있었다.
어미도 새끼도 하늘을 조심스러워했다.
꽃밭에 물 주었다.
고추 순 집어주었다.

가지 꽃 피었다.

자주 꽃이다.

가지 꽃도 따주었다.

해 뜨기 전 일이다.

새들도 말을 안 듣는다

새벽, 네시쯤 깼다.

아내가 기우는 달을 자꾸 잡아당겨

밖으로 나온 발을 덮는다.

창밖에 푸른 산은 어둠이 우러나 진남색이다.

산을 오래 보는데

다시, 잠이 온다.

잠들기 전 일어나

창문을 열어보았다.

새들이 울기 시작한다.

다시 깼더니 일곱시다.

앞산이 제 그늘을 물 흐르는 쪽으로

하얗게 풀어준다.

판조 형님이 어린 참깨에게 물을 준다.

아름다운 정성이다.

햇살이 마을을 메워간다.

날이 오래 가물다.

고라니가 마을까지 와서

싹뚝 잘라먹은 콩

겨드랑이 사이에서 콩이 열릴

새순이 돋아난다.

살 '사이'가 있다.

나무들은 몸통에 실눈을 감추어두고

풀들은 무릎을 짚고 일어선다.

벼는 일어날 마디가 없다.

강물을 가만히 바라보다가

방으로 들어왔다.

산이 다 드러났다.

작은 마을 유월의 아침,

너희들 진짜 조용히 좀 안 할래!

새들에게 고함을 질러놓고

새들이 잠시 조용할 때

이 글을 쓰다.

바람이 일었던 곳

작고 깨끗한 태극기가

초록의 잔디 위에 꽂혔습니다.

돌에 새긴 이름, 그리고

하얀 우리 어머니

6월은, 꽃이 애처롭습니다.

거기 나라가 있고

다 같이 고귀한 목숨이 있습니다.

누구를 위해 무엇을 위해

목숨을 바쳤냐고 묻지 않습니다.

목숨이니까요

해와 달, 별들이 가던 길 뒤 돌아봅니다.

우리나라입니다.

나라를 생각합니다.

그곳은, 바람이 일었던 곳

사람들의 생각이 모여 사는 아름다운 곳

나라입니다.

아무도 묻지 않았다

광주 강연 갔다.

순창 톨게이트에서 광주 방향으로 진입하지 않고

대구 방향으로 진입하고 있었다.

한참 가다 내가 왜 이리 가고 있지 하고 깜짝 놀랐다.

놀랐을 때는 손에 든 것을 놓친 후다.

당황하였다.

노무현 대통령이 돌아가셨을 때 울던 생각을 하느라

깜박 길을 잘못 든 것이다.

그때 사람들이 많이 울었다.

아내가 밥하다 울면

나도 식탁 의자에 앉아 울었다.

내가 밥숟갈을 들고 울면

아내는 들었던 밥숟갈을 놓고

밥을 들여다보며 눈물을 흘렸다.

가만히 앉아 있다가 울고

걸어가며 울고

운전하며 울었다.

그냥 눈물이 나왔다.

한 번도 왜 우냐고 서로에게

물어보지 않았다.

어느 날은 어머니께서 책을 보시다가

"사람들을 겁나게 죽이고도 잘들 살더만 죽기는 왜 죽어.

살다보면 뭔 수가 나는디" 하시기에

무엇을 보시고 그런 말씀을 하시는가, 들여다보았다.

노무현 대통령이 참모들과

청와대를 걷고 있는 사진을 보고 계셨다.

그가 우리를 사랑하였고

우리들은 그 사랑에 응답하였다.

십 년이 되었어도 그 눈물은 식지 않았다.

그의 죽음은 죽음 이상이었다.

남원 가기 전에 유턴하여

광주 방면으로 달렸다.

봄이 감나무 그늘을 나갔다

아침에는 희고 고운

안개가 끼었다.

모든 것이 안갯속으로 들어갔다가 나타났다.

강에는 물안개가 높게 피어올라간다.

원앙이 물위로 나온 돌에 앉아 있다.

해가 앞산을 넘어다보더니, 넘어온다.

마당 구석 감나무 잎이 무성해지면서

그늘이 생겼다.

봄에는 나무 그늘도 부드럽다.

감나무 그늘로 아내를 불러

같이 서보았다.

새들이 많이 울지 않는다.

짝을 찾았고

집 지을 곳도 정했나보다.

조금 있으면 새끼들을 키우느라

어제와는 다른 소동과 소란과 수선스러움이 있을 것이다.

오늘은 해 뜨는 아침을 가만히 본 날이다.

봄이 감나무 그늘을 나가고

아내도 따라 나갔다.

나 혼자 그늘 속에

서 있어보았다.

달은, 그래서 늦게 온 것이다

사람들이 무엇을 모를 거라고 생각하면 안 된다.

달이 어제보다 늦게 도착한 줄 달이 아는데

왜 내가 모를까.

달은 그래서, 늦게 온 것이다.

나
가
며

내가 살아 있다는 생각에 문득 놀라 주위를 둘러볼 때가 있다. 그렇게 생각하고 나면 저문 들길같이 일상이 선명해진다. 자고, 일어나고, 밥 먹고, 화단 풀 뽑고, 땅에 떨어진 돌멩이 주위 담장 위에 얹고, 시 쓰고, 그다음 날 또다른 시 쓰고 그러다가 어떤 일로 열받고 낙담 뒤에 낙심하고, 그다음 날은 생각지도 않은 일로 즐겁다. 삶이 느닷없다는 것을 깨닫고, 그리고 덧없다는 것이 새로울 때, 그 순간이 문득 깨진 유리창 파편들처럼 허공으로 찬란하게 흩어진다. 허공을 가진 자는 자유롭다. 산골 강가 작은 마을에 사는 나는 심심하게 산다. 너무 심심해서 어떻게 살아야 할지를 모를 때가 있다. 그럴 때 달팽이, 참새, 개구리, 방충망 사이를 빠져나온 날파리, 가문 땅을 뚫고 나온 지렁이, 개미, 거미, 메뚜기, 참깨, 연못으로 뛰어드는 어린 개구리, 풀잎 사이로 날아다니는 흰나비, 바람을 몰고 가는 바람이 보인다. 바람을 따라가보라. 흰나비를 따라가보라. 해

석 가능하고 이해할 수 있는 순간의 긴장이 절정의 나뭇가지 위에 눈이 부시다. 마을 뒷산 당산나무에 찾아와 남의 집을 빼앗느라고 마을을 시끄럽게 하는 파랑새보다 나는 어디 가지 않고 내 곁에서 사는 참새가 좋다. 나는 참새들이 걷지 않고 통통통 뛰어가는 것이 그렇게 재미있어서 혼자 웃는다. 참새는 왜 걷지 않고 뛸까. 김치를 평생 먹고 살다니, 실은 그것이 그렇게 새롭다. 참새 밥통을 생각하는 일, 떨어진 나뭇잎을 뒤집어보는 일, 일흔두 해를 바라보고 산 느티나무를 새로 보는 일, 하루를 지내온 그 어느 지점의 강가에 앉아 나는 하루의 답을 버린다. 그러니까, 나는 달이 앞산에 떠올라서 강을 건너 느티나무를 넘고 고추, 상추, 가지, 오이 밭을 지나 휘어진 옥수수 잎 위에 빛을 떨구어주고 우리 지붕을 넘어 서쪽 꾀꼬리가 우는 밤나무 숲으로 가는 그 행로의 순서와 차례가 한치의 오차가 없이 순환하고 있다는 것에 놀란다. 그날은 없다. 실은 어느 날이 있었고, 지금이 있다. 일상을 존중하라. 여기까지 쓰고 있을 때 비다. 나의 고요가 고개를 든다. 비가 고요를 데리고 내게 왔다. 바로 앉아 비를 본다.

나는 당신이
어떤 사람인지
알면,
좋겠어요

ⓒ 김용택 2019

초판 1쇄 인쇄 2019년 11월 20일
초판 1쇄 발행 2019년 11월 30일

지은이 김용택
펴낸이 김민정
편집 유성원 권순영
디자인 한혜진
마케팅 정민호 박보람 나해진 최원석 우상욱
홍보 김희숙 김상만 오혜림 지문희 우상희
제작 강신은 김동욱 임현식
제작처 한영문화사(인쇄) 경일제책사(제본)
펴낸곳 난다
출판등록 2016년 8월 25일 제406-2016-000108호
주소 10881 경기도 파주시 회동길 210
전자우편 nandatoogo@gmail.com **트위터** @blackinana **인스타그램** @nandaisart
문의전화 031) 955-8865(편집) 031) 955-8890(마케팅) **팩스** 031) 955-8855

ISBN 979-11-88862-56-6 03810